Passeport

ADULTES

ESCAPE GAMES

Sandra Lebrun
Loïc Audrain

hachette

MODE D'EMPLOI

19 Escape Games, avec pour chacun :

• **Six énigmes à résoudre dans l'ordre.**
Des jeux variés, des casse-tête, des QCM, de la culture générale, des intrus, des rébus, des codes secrets... Faciles ou corsés !

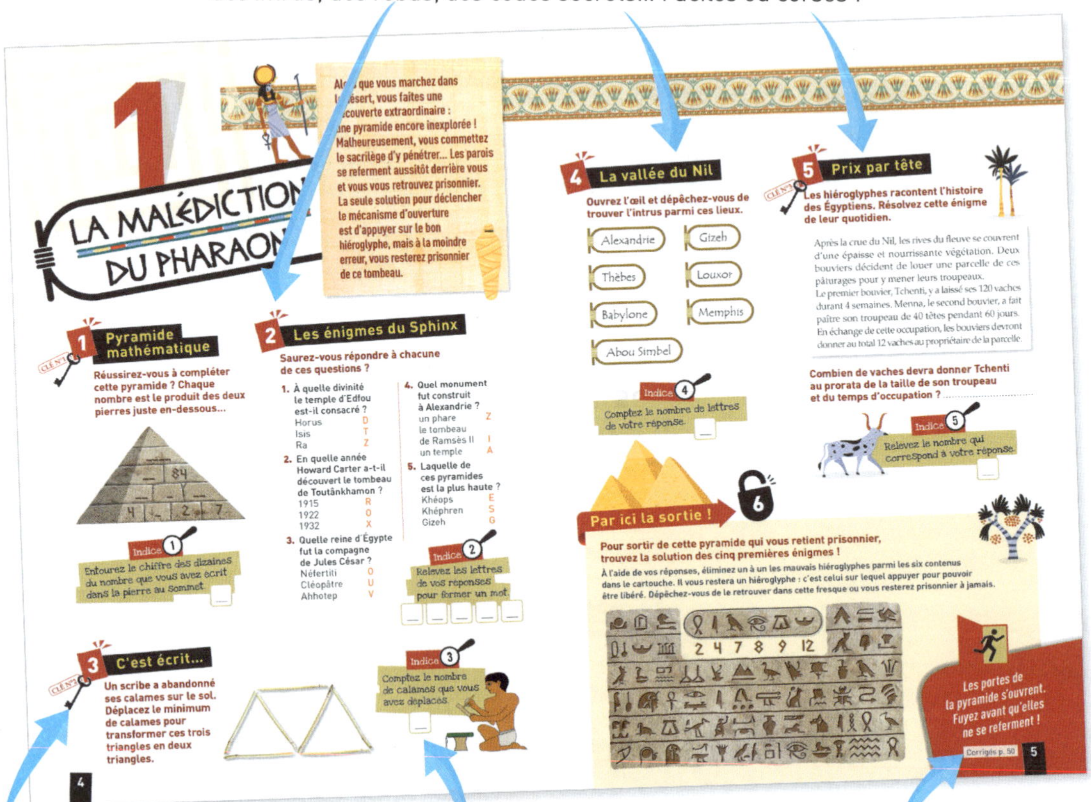

• Chaque fois que vous verrez une **clé**, reportez-vous aux pages 63-64. Vous y trouverez des coups de pouce bien utiles !

Indice

• À la fin de chaque énigme, reportez votre réponse dans les cases dédiées. Ces **indices** seront indispensables pour résoudre l'énigme finale et vous évader !

• **Des corrigés** en fin d'ouvrage, pour vérifier vos réponses.

Bonne chance !

Et aussi, 4 doubles pages JEUX pour faire une pause !

Couverture Primo&Primo

Intérieur **Maquette et mise en pages** : Anne-Danielle Naname, Laurine Caucat
Édition : Laurence Lesbre / **Illustrations** : Gabriel Rebufelo
Photos et cartes : www.shutterstock.com

ISBN : 978-2-01-714852-4

58 rue Jean-Bleuzen 92170 Vanves
www.parascolaire.hachette-education.com

Achevé d'imprimer en Mars 2025 en Espagne par Grafo - Dépôt légal : Mai 2022 - Édition 04

SOMMAIRE

1 LA MALÉDICTION DU PHARAON

Alors que vous marchez dans le désert, vous faites une découverte extraordinaire : une pyramide encore inexplorée ! Malheureusement, vous commettez le sacrilège d'y pénétrer... Les parois se referment aussitôt derrière vous et vous vous retrouvez prisonnier. La seule solution pour déclencher le mécanisme d'ouverture est d'appuyer sur le bon hiéroglyphe, mais à la moindre erreur, vous resterez prisonnier de ce tombeau.

1 Pyramide mathématique

CLÉ N°1

Réussirez-vous à compléter cette pyramide ? Chaque nombre est le produit des deux pierres juste en-dessous...

Indice 1

Entourez le chiffre des dizaines du nombre que vous avez écrit dans la pierre au sommet. __

2 Les énigmes du Sphinx

Saurez-vous répondre à chacune de ces questions ?

1. À quelle divinité le temple d'Edfou est-il consacré ?
- Horus D
- Isis T
- Ra Z

2. En quelle année Howard Carter a-t-il découvert le tombeau de Toutânkhamon ?
- 1915 R
- 1922 O
- 1932 X

3. Quelle reine d'Égypte fut la compagne de Jules César ?
- Néfertiti O
- Cléopâtre U
- Ahhotep V

4. Quel monument fut construit à Alexandrie ?
- Un phare Z
- Le tombeau de Ramsès II I
- Un temple A

5. Laquelle de ces pyramides est la plus haute ?
- Khéops E
- Khéphren S
- Gizeh G

Indice 2

Relevez les lettres de vos réponses pour former un mot.

__ __ __ __ __

3 C'est écrit...

CLÉ N°2

Un scribe a abandonné ses calames sur le sol. Déplacez le minimum de calames pour transformer ces trois triangles en deux triangles.

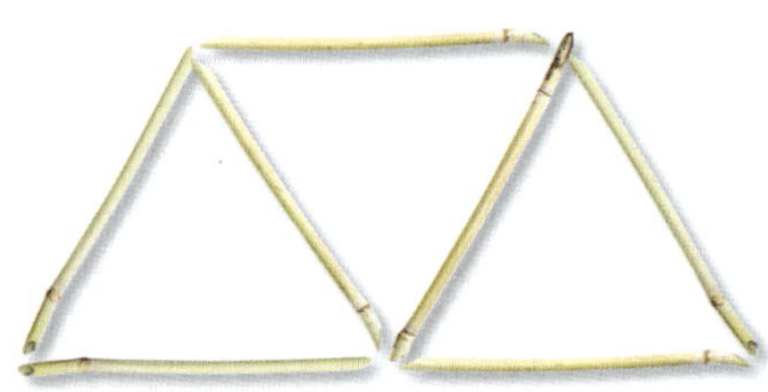

Indice 3

Comptez le nombre de calames que vous avez déplacés. __

4 La vallée du Nil

Ouvrez l'œil et dépêchez-vous de trouver l'intrus parmi ces lieux.

- Alexandrie
- Gizeh
- Thèbes
- Louxor
- Babylone
- Memphis
- Abou Simbel

Indice 4

Comptez le nombre de lettres de votre réponse. ___

5 Prix par tête

CLÉ N°3

Les hiéroglyphes racontent l'histoire des Égyptiens. Résolvez cette énigme de leur quotidien.

Après la crue du Nil, les rives du fleuve se couvrent d'une épaisse et nourrissante végétation. Deux bouviers décident de louer une parcelle de ces pâturages pour y mener leurs troupeaux.
Le premier bouvier, Tchenti, y a laissé ses 120 vaches durant 4 semaines. Menna, le second bouvier, a fait paître son troupeau de 40 têtes pendant 60 jours.
En échange de cette occupation, les bouviers devront donner au total 12 vaches au propriétaire de la parcelle.

Combien de vaches devra donner Tchenti au prorata de la taille de son troupeau et du temps d'occupation ? ....

Indice 5

Relevez le nombre qui correspond à votre réponse.

6 Par ici la sortie !

Pour sortir de cette pyramide qui vous retient prisonnier, trouvez la solution des cinq premières énigmes !

À l'aide de vos réponses, éliminez un à un les mauvais hiéroglyphes parmi les six contenus dans le cartouche. Il vous restera un hiéroglyphe : c'est celui sur lequel appuyer pour pouvoir être libéré. Dépêchez-vous de le retrouver dans cette fresque ou vous resterez prisonnier à jamais.

Les portes de la pyramide s'ouvrent. Fuyez avant qu'elles ne se referment !

Corrigés p. 50

2 LE MÉTRO INFERNAL

Vous êtes tranquillement installé dans une rame du métro quand, tout à coup, le métro accélère. Il s'emballe et ne s'arrête pas à la station. Vous tirez sur le signal d'alarme mais le métro continue d'accélérer. Dans quelques stations, votre rame va s'écraser...

1 C'est-à-dire ?

Vous êtes prisonnier de la rame de métro de la RATP. Retrouvez la signification de chacun de ces sigles.

1. RATP
- a) Réseau d'Aide au Transport des Parisiens
- b) Régie Autonome des Transports Parisiens
- c) Rails d'Avancement du Train Parisien

2. TER
- a) Transport Express Régional
- b) Train Express des Régions
- c) Tram Express Régional

3. RER
- a) Rames Express du Réseau
- b) Réseau Express sur Rails
- c) Réseau Express Régional

Indice 1
Relevez la dixième lettre qui correspond à votre troisième réponse : L

2 Ça grésille...

Le conducteur saisit son micro pour communiquer avec les passagers. La liaison est mauvaise. Complétez pour comprendre son message.

!

Mesdames, mes(..........) !
Notre rame de métro est victime d'une grave avarie hyd(..........)lique. Suite à un acte de malve(..........)nce, les freins ont lâch(..........). Je vais tou(..........) faire pour arrêter notre conv(..........), mais le meilleur moyen pour pal(..........)er ce problème serait d'actionner les freins de manière manuelle. Vous seuls y avez acc(..........).
Gardez votre calme et bonne chance !

Indice 2
Quelle est la quatorzième lettre que vous avez écrite ?

3 Sur la bonne voie...

Vous espérez trouver de l'aide sur la fiche technique collée dans le boîtier de sécurité de votre wagon. Trouvez le mot correspondant à chaque définition.

Définitions

1. Titre de transport. – **2.** Arrêt.
3. Groupe de voitures.– **4.** Guide métallique.
5. Élément de train.– **6.** Usager des transports.– **7.** Tracé de desserte.
8. Au bout de la ligne. – **9.** Passage souterrain.

Indice 3

Relevez la lettre écrite dans la case colorée : ___

4 Bondé !

Vous êtes nombreux dans ce wagon. Il y a sept femmes de plus que d'enfants. Il y a trois fois plus d'hommes que d'enfants et sept hommes de plus que de femmes. Combien y a-t-il d'enfants dans ce wagon ?

Il y a .... enfants dans le wagon.

Indice 4

Quelle est la troisième lettre de votre réponse ? ___

5 La fin est proche

Cette aventure touche à sa fin, mais que connaissez-vous du début ? Entourez le nom de l'artiste à l'origine des édicules d'accès aux stations de métro parisien.

BIENVENUE — BOLIVAR — PICASSO

GUIMARD — DALI

GAMBETTA

LAUTREC

Indice 5

Quelle est la dernière lettre de votre réponse ? ___

Stoooop ! 6

Pour stopper ce métro, trouvez la solution des cinq premières énigmes.

À l'aide de vos réponses, positionnez chaque bouton sur le cran qui correspond à votre choix en entourant la lettre que vous avez trouvée. Pour vérifier si les cinq boutons sont bien placés, mélangez vos cinq lettres : elles forment le nom d'une station imaginaire. Si vous trouvez le nom de la station, le mécanisme des freins va se déclencher automatiquement et vous pourrez enfin descendre de ce train infernal.

Le métro s'arrêtera à la station _ _ _ _ _ _ T

Le métro s'arrête enfin et les portes s'ouvrent ! Fuyez avant qu'il ne reparte dans une course infernale !

Corrigés p. 50-51

3 L'île perdue

Votre embarcation a essuyé un naufrage et vous vous réveillez seul sur le sable d'une île déserte.
Il vous semble apercevoir un paquebot à l'horizon : avec un bout de miroir, vous espérez réussir à envoyer un message... Une nouvelle tempête s'annonce...

1 Reflet

CLÉ N°5

Encore étourdi par votre mésaventure, vous observez le reflet de l'île sur laquelle vous êtes échoué. Tracez le reflet de l'île par rapport à l'axe de symétrie représenté par la ligne bleue.

Puis, ajoutez une noix de coco dont les coordonnées sont (6 ; 15) et placez son reflet symétriquement.

Indice 1

Quelle est l'ordonnée du reflet de la noix de coco ? ___

2 Cap' ou pas cap' ?

CLÉ N°6

Vous essayez de vous remémorer le dernier cap que vous avez passé pour avoir une idée de l'endroit où vous vous trouvez. Mais votre mémoire vous joue des tours... Trouvez l'intrus !

1. Le cap de Bonne-Espérance
2. Le cap Horn
3. Le cap Leeuwin
4. Le cap Skirring
5. Le cap Lizard
6. Le cap Hytêne
7. Le cap Gris-Nez

Indice 2

Relevez le numéro qui correspond à votre réponse : ___

3 C'est où ?

Parmi les objets ramenés par les vagues, vous trouvez une carte du monde. Trouvez la légende mal placée et corrigez la carte.

Indice 3

Quel numéro correspond à la légende que vous avez dû replacer correctement sur la carte ? ___

4 Un petit creux

Votre estomac vous rappelle que le temps passe… En attendant de réussir à quitter cette île, vous ramassez les quelques fruits que vous offre la nature. Complétez ce calcul pour retrouver la valeur de chaque fruit.

Indice 4

Quelle est la valeur de la papaye ? __

5 Longue vue

Malgré la distance, vous essayez de deviner le nom du paquebot qui passe au loin… Syllabe après syllabe, trouvez son nom.

- **Mon premier** n'est pas haut.
- **Mon deuxième** est un liquide de densité supérieure à l'eau.
- **Mon troisième** est indispensable aux marins.
- **Mon tout** est un cétacé.

…………………………………

Indice 5

Dans l'ordre alphabétique, quelle est la place de l'initiale de votre réponse ? __

Save Our Souls 6

Pour quitter cette île, trouvez la solution des cinq premières énigmes.

À l'aide de vos réponses, éliminez les messages un à un parmi les six qui vous sont proposés. Il vous restera le message à envoyer au paquebot qui passe au loin.

Avant d'envoyer le message en morse, vérifiez sa signification en utilisant la grille de décodage.

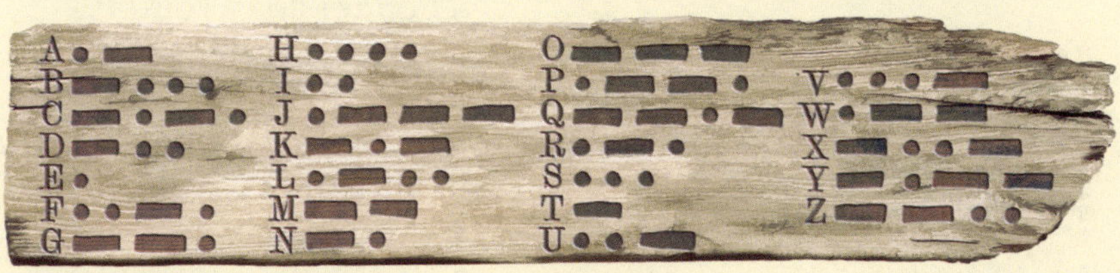

1. •••— • —• • ——••
2. —• ——— —•/—— • •—• —•—• ••
3. •—•• •— •• ••• ••• • ——••/—— ——— ••
4. •——— •/•••— ——— ••— •••/•••• •— •• •••
5. •——• •— •—• — • ——••/•••— •• — •
6. —•• • —— ••/— ——— ••— •—•

Si vous avez la bonne réponse, ramassez le bout de miroir que vous avez trouvé et dépêchez-vous d'envoyer le message avant que le paquebot ne soit trop loin pour vous repérer.

Victoire ! Le paquebot dévie de sa trajectoire pour venir vous chercher. Dépêchez-vous d'embarquer !

Corrigés p. 51-52

4 MISSION CASINO

Vous avez planifié le casse d'un casino. Tout est organisé, il ne vous reste que six énigmes à résoudre pour trouver le code qui ouvre la salle des coffres. Si vous réussissez, vous récupérerez le butin avant de vous enfuir. L'alarme vient de signaler votre présence à la sécurité...

PLAY NOW

1 Poker

Incognito, vous traversez le casino et vous en profitez pour écouter le croupier de la table de poker. Peut-être obtiendrez-vous un indice... Trouvez le mot qui correspond à chacune de ces définitions.

Définitions

1. Main la plus forte.
2. Un brelan et une paire.
3. Main la plus faible.
4. Série de cinq cartes.
5. Trois cartes de même rang.
6. Monopole de cartes d'une valeur.

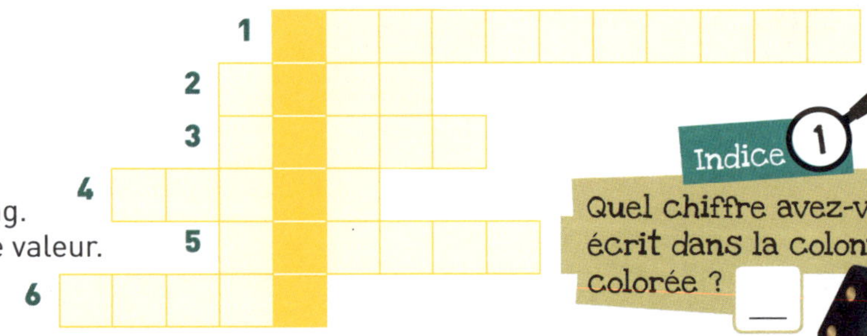

Indice 1

Quel chiffre avez-vous écrit dans la colonne colorée ? ___

2 Carte !

Discrètement, vous comptez les cartes distribuées sur le tapis. Logiquement, quelle devrait être la prochaine carte ?

Indice 2

Quelle est la valeur de la carte retournée ? ___

3 Tapis !

Vous ne pouvez résister à l'appel de la roulette (numérotée de 0 à 36). Suivez les indices pour trouver la case où s'arrêtera la bille en ivoire.

1. C'est un nombre impair.
2. Ce n'est pas un nombre premier.
3. C'est un multiple de 3.
4. C'est le carré d'un nombre.

Indice 3

Relevez le numéro gagnant : ___

CLÉ N°8

4 Les complices

Vos complices vous envoient une information de dernière minute. Sachant que le message contient le mot « est », dépêchez-vous de le décrypter !

....

Indice 4
Quel chiffre avez-vous trouvé dans le message ? ___

5 Le partage du butin

Si vous réussissez votre mission, vous devrez partager votre butin avec les complices qui vous attendent à l'extérieur.

Loulou aura plus de sacs que Jessie, mais moins que Flo. Jessie aura plus de sacs que Max, mais moins que Loulou ou Doud. Max aura deux sacs. Doud aura plus de sacs que Flo. C'est Nini qui en aura le moins.

Qui repartira avec le plus de sacs ?

....

Indice 5
Combien de sacs Nini recevra-t-elle ? ___

Le grand casse ! 6

Pour sortir de ce casino sain et sauf avec le butin en poche, trouvez la solution des cinq premières énigmes.

Formez un nombre qui vous permettra de trouver le code de la salle des coffres. Notez ici les cinq réponses aux cinq énigmes en commençant par les unités :

___ ___ ___ ___ ___

Pour composer le code, divisez le nombre que vous avez trouvé par 2 :

....

Entourez les chiffres qui correspondent au résultat sur le clavier numérique.

Si vous avez composé le bon code, la salle des coffres s'ouvre ! Fuyez avec le butin avant que la police arrive !

Corrigés p. 52

5 Vol au Musée !

Vous êtes le veilleur de nuit du musée et vous découvrez qu'une personne est entrée par effraction : un vol va avoir lieu ! Vous devez absolument arrêter l'individu, mais où est-il ? Vous l'entendez circuler dans les galeries… Résolvez les énigmes qui vous mèneront jusqu'à lui ou il repartira avec un chef-d'œuvre sous le bras.

1 Fragile !

CLÉ N°9

En passant sous la pyramide du Louvre, vous vérifiez qu'aucune vitre n'est cassée. Complétez la pyramide sachant que chaque nombre est le produit des deux vitres juste en-dessous.

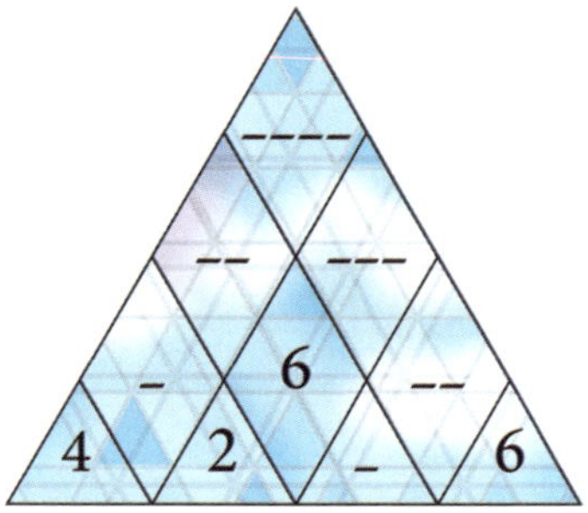

Indice 1

Quel est le chiffre des unités au sommet de la pyramide ? ___

2 Les grands maîtres

En traversant une des salles du musée, vous découvrez des étiquettes éparpillées sur le sol. Remettez de l'ordre et reliez chaque œuvre à son auteur.

Théodore Géricault — Jacques-Louis David

Johannes Vermeer — Giuseppe Arcimboldo

Léonard de Vinci — Pablo Picasso

1 L'Été

2 La Joconde

3 La Dentellière

4 Guernica

5 Le Sacre de Napoléon

6 Le Radeau de La Méduse

Indice 2

Relevez le numéro de l'œuvre qui n'est pas exposée au Louvre : ___

3 La grande salle

CLÉ N°10

La salle dans laquelle vous vous trouvez communique avec deux autres salles aux superficies parfaitement égales. La première est un carré de 12 m de côté. La seconde est un rectangle de 24 m de long. Quelle est la largeur de la salle rectangulaire ?

……………………………………………………………

Indice 3

Relevez le chiffre qui correspond à votre réponse : ___

4 Le titre du tableau !

Vous trouvez sur le sol un papier chiffonné. En le dépliant, vous comprenez qu'il s'agit de l'objectif du cambrioleur.

Quel est le titre de l'œuvre visée ?

....

Indice 4

Quelle est la dernière lettre de votre réponse ? ___

5 Connu, mais connu

Si vous avez trouvé le titre de l'œuvre qui risque d'être dérobée, vous connaissez maintenant l'artiste qui en est l'auteur mais vous avez un doute sur son pays d'origine. Entourez la bonne nationalité.

Anglais

Belge

Espagnol

Français

Italien

Suisse

Indice 5

Quelle est la dernière lettre de votre réponse ? ___

La main dans le sac ! 6

La réception de votre talkie-walkie est mauvaise, vous n'avez pas réussi à noter l'ensemble des indications transmises par le poste de sécurité pour localiser le cambrioleur. Trouvez la solution des cinq premières énigmes pour compléter le message.

Le message que vous avez noté est incomplet. Ajoutez les indices que vous avez récoltés sur les pointillés.

Indice 1 : .... cases vers le N

Indice 2 : .... cases vers l'O

Indice 3 : .... cases vers le S

Indice 4 : 7 cases vers l' ....

Indice 5 : 2 cases vers le ....

Partez de la croix rouge et déplacez-vous de case en case en suivant les indications pour trouver la salle où opère le cambrioleur.

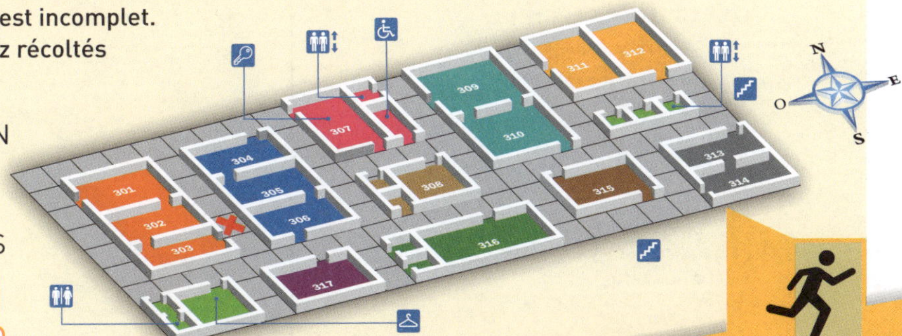

Si vous avez tracé le bon chemin sur le plan, vous arrivez juste à temps devant la salle où s'affaire le cambrioleur. Dépêchez-vous de l'arrêter !

Corrigés p. 52-53

JEUX

À la plage

1 Levez la tête !

Tandis que vous êtes tranquillement installé sur la plage, un avion passe au-dessus de l'océan. Décodez la phrase sur sa banderole, sachant qu'il y a le mot « au ».

....

2 Bien à l'ombre !

Hors de question de griller au soleil ! Ouvrez les yeux et trouvez l'ombre qui correspond à ce petit coin de détente qui vous tend les bras.

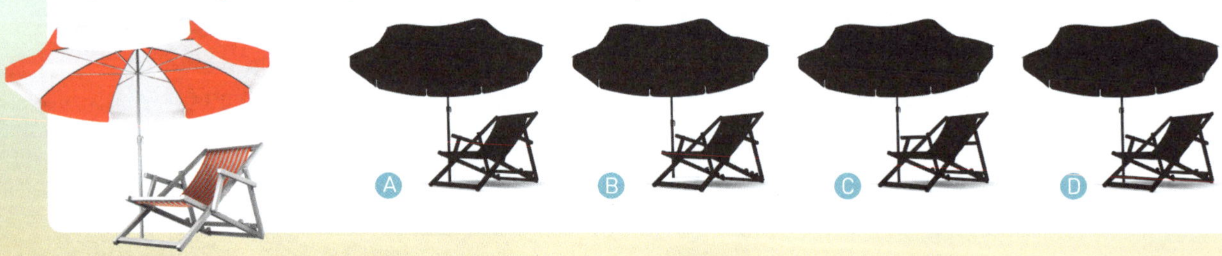

3 À chacun sa place !

Partagez cette plage en 4 zones en traçant 3 droites. Dans chaque zone, il doit y avoir un parasol, une serviette et un ballon. Aucun de ces éléments ne doit être coupé et les droites ne doivent pas se croiser.

4 Le MNS

Le maître-nageur sauveteur tient à vous rassurer. Écoutez attentivement ses paroles...

....

5 Un son iodé

Vous partagez ce moment détente autour de votre enceinte bluetooth. Profitez-en pour vous tester les uns les autres...

1. Serge Gainsbourg a sorti son titre *Sea, sex and sun* en quelle année ?
   A 1969
   B 1978
   C 1985
2. Quel est le titre de la chanson interprétée par Brigitte Bardot ?
   A Sur la plage abandonnée
   B Coquillages et crustacés
   C La Madrague
3. Belle-île-en-Mer est dans le golfe du Morbihan, mais où se trouve Marie-Galante ?
   A Au large de la Guadeloupe
   B Près de Tahiti
   C Non loin de l'île de la Réunion

6 Les pieds à l'air !

Des amis comparent leurs tongs. Steph a moins de tongs que Flo. Flo en a plus que Camille. Lou en a plus que Fred, mais moins que Steph. Fred en a moins que Flo, mais plus que Camille.

Qui a le plus de tongs ?

....

Corrigés p. 53

6 Poursuivi par Les yakuzas

Vous êtes grand reporter et la mafia japonaise n'a pas apprécié que vous preniez certaines photos.
Les yakuzas sont à vos trousses, vous les apercevez dans le hall, ils vous cherchent pour vous éliminer... Vous devez absolument embarquer, mais ce n'est pas facile de se repérer dans cet aéroport japonais !

1 Message aux passagers

Vous ne parlez pas japonais, mais par chance le message est diffusé en anglais. Cependant, tout n'est pas très clair... Complétez l'annonce avec les bons mots.

afternoon — flight — assistance — pass — children — passengers — five

Good .... passengers. This is the pre-boarding announcement for .... 89B to Rangoon.
We are now inviting .... with small .... and passengers requiring special .... to begin boarding at this time.
Please have your boarding .... and identification ready.
Regular boarding will begin in approximately .... minutes.
Thank you.

Indice 1

Que signifie, en français, le dernier mot que vous avez écrit ?

____

2 Compréhension

Une hôtesse vient vers vous, mais vous ne parlez toujours pas japonais. Elle vous tend ce message. Que dit-elle ?

Mon premier est une enjambée.
Mon deuxième est un adjectif démonstratif.
Mon troisième est un animal domestique de la famille des suidés.
Mon tout est votre sésame.

....

Indice 2

Quelle est la septième lettre de votre réponse ? ___

3 Destination

CLÉ N°11

Pour découvrir votre destination, observez le tableau des départs et écoutez attentivement les indications de l'hôtesse.

« Votre vol partira 2 400 secondes après la destination la plus proche ou, si vous préférez, 0,75 heure avant la destination la plus lointaine. »

Où allez-vous ?

....

Departures

Time	Destination
15:50	PÉKIN
16:30	BANGKOK
16:55	NEW DEHLI
17:15	LOS ANGELES
17:35	HANOÏ

Indice 3

Combien de lettres comporte votre destination ? ___

4 Salon Business

Vous réussissez à vous introduire dans le salon Business pour vous cacher des yakuzas... Pour plus de discrétion, vous vous dissimulez derrière un journal. Vous en profitez pour parcourir la rubrique culture. Saurez-vous répondre à ces questions ?

	Vrai	Faux
1. Le Japon se situe dans l'océan Pacifique.	☐	☐
2. Le point culminant du Japon est le mont Fuji.	☐	☐
3. Tokyo est la ville la plus peuplée du Japon.	☐	☐
4. En japonais, « raz-de-marée » se dit *tsunami*.	☐	☐
5. Au Japon, les tremblements de terre sont provoqués par Godzilla.	☐	☐

Indice 4

Combien avez-vous trouvé de réponses fausses ? __

5 À la baguette !

En attendant l'heure de votre embarquement, vous entrez dans un restaurant pour vous fondre dans la foule. Vous prenez quelques préparations japonaises pour vous sustenter.

Sur votre plateau, il y a cinq makis de plus que de sushis, trois sushis de plus que de sashimis, et trois fois plus de makis que de sashimis.

Combien de bouchées de chaque sorte avez-vous sur votre plateau ?

....

....

....

Indice 5

Combien de sushis allez-vous manger ? __

Embarquement immédiat 6

Pour embarquer avant d'être rattrapé par les yakuzas, trouvez la solution des cinq premières énigmes.

À l'aide de vos réponses, colorez les zones sur le cadran digital de votre numéro de vol, en commençant par le chiffre des unités. Vous avez de la chance, un chiffre apparaît déjà !

Lorsque votre numéro de vol sera complet, trouvez dans quel sens le lire, pour découvrir un mot mystère :

....

Si vous avez trouvé le mot mystère à temps, embarquez avant que les yakuzas arrivent !

Corrigés p. 53-54

7 NAUFRAGÉ DU TITANIC

Vous êtes à bord du Titanic qui vient juste de heurter un iceberg. L'« insubmersible » va sombrer. Vous devez fuir, mais il n'y a pas assez de places dans les canots pour sauver tout le monde. Le Titanic commence à basculer...
Partez à la quête d'un canot !

1 Message brouillé

L'opérateur radio se précipite sur son micro pour demander de l'aide, mais la fumée des cheminées brouille le message. Dépêchez-vous de le compléter !

C'_st l_ p_n_q__ !
_n _c_b_rg _
__v_rt n_tr_ c_q__.
N__s s_mm_s __
l_rg_ d_
T_rr_-N__v_.

Indice 1
Relevez la dernière lettre que vous avez écrite : ___

2 Ça flotte !

CLÉ N°12

Plusieurs icebergs de tailles différentes flottent autour du Titanic. Aidez le capitaine Smith à placer le Titanic et les icebergs, sans qu'ils se touchent.

Les chiffres sur la carte indiquent combien de cases de la ligne ou de la colonne sont occupées par le Titanic (4 cases au total) ou un iceberg (1, 2 ou 3 cases). Les autres cases sont occupées par l'océan qui est représenté par des vaguelettes. Attention, aucun élément ne doit se toucher !

Indice 2
Quelle est la dernière lettre de l'objet présent sur la dernière colonne ? ___

3 Quel orchestre !

CLÉ N°13

Pour éviter toute propagation de panique à bord, les musiciens jouent inlassablement.

	VRAI	FAUX
A Le saxophone est un instrument de la famille des bois.	☐	☐
B Le piano est un dérivé du clavecin.	☐	☐
C Le violoncelle possède trois cordes.	☐	☐
D Antonio Giacomo Stradivari était fabricant de violons.	☐	☐

Indice 3

Quelle est la lettre de l'affirmation qui est fausse ? __

4 Les passagers

Les 20 embarcations de sauvetage du paquebot ne peuvent accueillir que la moitié des 2 200 personnes à bord. Dans le canot que vous espérez prendre, il reste 1/5 de places libres.

Combien de passagers votre canot peut-il encore embarquer ?

....

Indice 4

Relevez la deuxième lettre du nombre que vous avez trouvé : __

5 Méli-mélo

Le capitaine Smith ne sait plus où donner de la tête, il en perd son anglais... Remettez de l'ordre pour comprendre ce qu'il dit.

captain goes the down ship. The with

Dans l'ordre :

....

....

Indice 5

Quelle est la dernière lettre du cinquième mot de sa phrase ? __

Sauvé ! 6

Pour réussir à quitter le Titanic qui sombre dans les eaux glacées, trouvez la solution des cinq premières énigmes.

Pour vérifier si vous pouvez embarquer, mélangez les lettres trouvées au fil des énigmes et reconstituez le nom du canot en vous aidant de celle déjà placée.

Le nom de votre canot est :

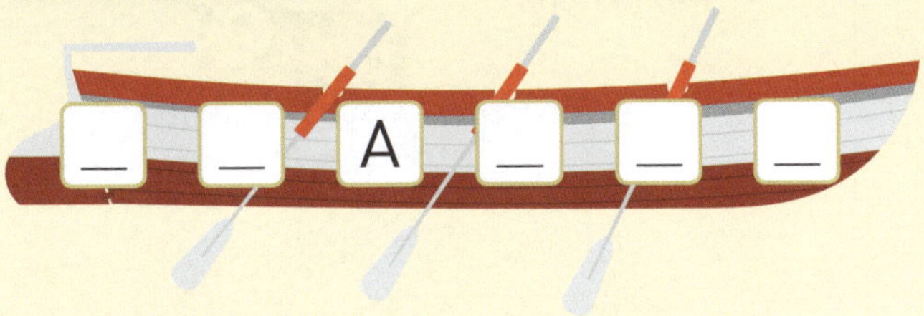

__ __ A __ __ __

Si vous avez trouvé le nom du canot sur lequel embarquer, montez à bord avant que le Titanic sombre au fond de l'océan !

Corrigés p. 54

8 Perdu dans les couloirs du temps

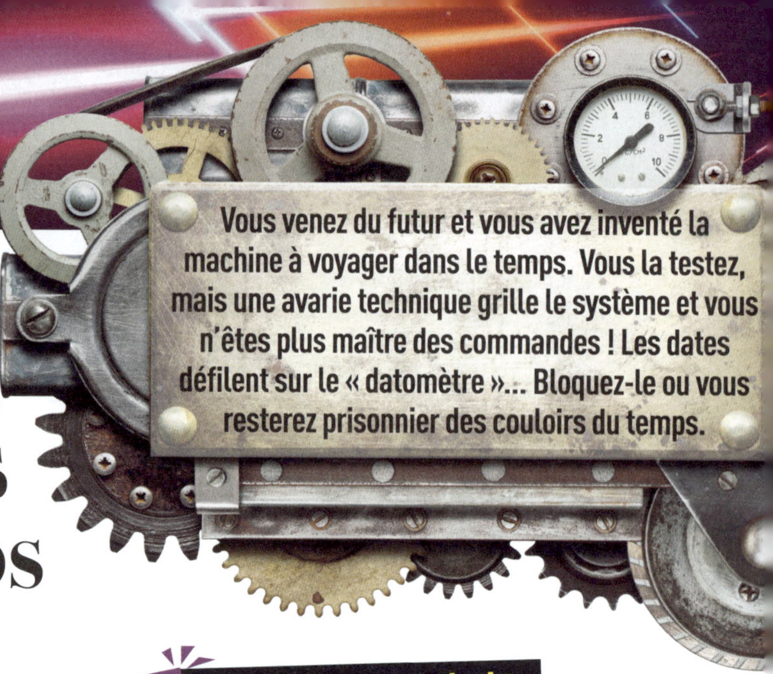

Vous venez du futur et vous avez inventé la machine à voyager dans le temps. Vous la testez, mais une avarie technique grille le système et vous n'êtes plus maître des commandes ! Les dates défilent sur le « datomètre »... Bloquez-le ou vous resterez prisonnier des couloirs du temps.

1 La cour du roi

À chaque arrêt de votre machine, vous faites des rencontres. Réussirez-vous à relier chaque roi de France à son surnom ?

Louis IX — Louis XIV — Philippe IV — Henri IV

Le Bel — Le Roi-Soleil — Le Vert-galant — Saint Louis

Indice 1

Quel chiffre suit le prénom du roi surnommé « le Vert-galant » ? ___

2 Visite au palais de l'Élysée

Les époques changent et la Ve République voit le jour... Numérotez l'ordre dans lequel ces hommes politiques ont été présidents de la République française.

- ..... Jacques Chirac
- ..... Charles de Gaulle
- ..... Valéry Giscard d'Estaing
- ..... François Hollande
- ..... Emmanuel Macron
- ..... François Mitterrand
- ..... Georges Pompidou
- ..... Nicolas Sarkozy

Indice 2

Quel numéro avez-vous écrit devant le président François Mitterrand ? ___

3 C'est capital !

En parcourant le monde, vous avez traversé de nombreuses capitales. Répondez à ces questions...

1. Dans quelle capitale européenne se situe la porte de Brandebourg ?
a. Berlin
b. Londres
c. Rome

2. Quel fleuve sépare les deux capitales Brazzaville et Kinshasa ?
a. le Congo
b. le Danube
c. le Mékong

3. Quelle capitale asiatique est la ville la plus peuplée du monde ?
a. Hanoï
b. Katmandou
c. Tokyo

4. Quelle est la capitale de l'Australie ?
a. Canberra
b. Dakar
c. Wellington

Indice 3

Combien de lettres comporte votre réponse à la question 3 ? ___

4 L'inconnu

Au cours de votre périple, vous rencontrez un personnage. Celui-ci se présente à vous... Réussirez-vous à retrouver son identité ?

Navigateur génois à l'audace naturelle,
Le roi d'Espagne finance mes caravelles,
Et, malgré moi, en visant l'Orient,
Je découvre un continent.
Qui suis-je ?

....

Indice 4

Combien de lettres composent son nom de famille ? ___

5 Opération Neptune

CLÉ N°15

Le 6 juin 1944, 6 939 navires débarquent sur les plages entre Carentan et Caen. C'est le débarquement allié de Normandie ! Trouvez la place des navires, sachant que chaque chiffre indique le nombre d'embarcations présentes autour d'un cercle doré et que deux bateaux ne peuvent se toucher. Un premier navire est déjà placé, à vous de continuer.

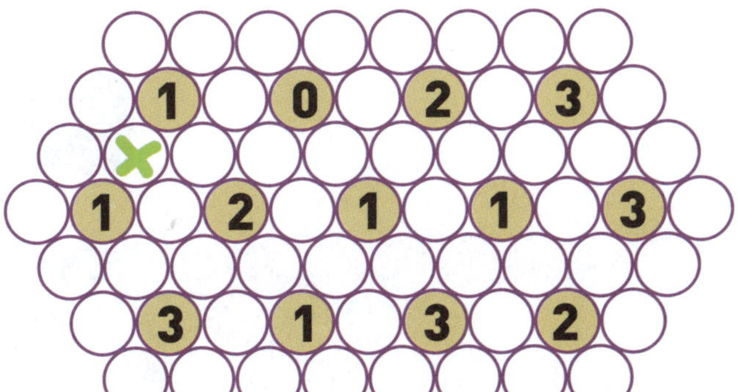

Indice 5

Combien de navires avez-vous placés sur la rangée du bas ? ___

Retour vers le futur 6

Pour rentrer chez vous, trouvez la solution des cinq premières énigmes.

À l'aide de vos réponses, formez un nombre en commençant par le chiffre des unités. Soustrayez le nombre 34 410 au nombre que vous avez écrit. Si vous trouvez le bon résultat, une date s'affiche sur le « datomètre » et votre machine vous ramène chez vous, en...

___ ___ ___ ___ ___

- 3 4 4 1 0 = ...

Si vous avez trouvé la bonne date, votre machine vous ramène à l'année demandée ! Descendez vite avant qu'elle reparte !

Corrigés p. 54-55

9

Votre mission sur Mars est terminée. Vous devez rejoindre la navette qui vous ramènera sur Terre, mais le pilote automatique de votre module est HS. Vous allez devoir démarrer de manière manuelle. L'alerte oxygène vient de se déclencher...

FIN DE MISSION SUR MARS

1 Vol international

CLÉ N°16

Dans la navette, les membres de l'équipage vous attendent pour rentrer sur Terre. Retrouvez la nationalité de chacun.

1. Astronaute
2. Cosmonaute
3. Spationaute
4. Taïkonaute

Chinois

Français

Américain

Russe

Indice 1

Combien de lettres y a-t-il dans la nationalité que vous avez reliée à la deuxième proposition ? ___

2 Quand les drapeaux flottent...

Au cours de votre mission, vous avez planté un drapeau dans le sol martien. Démêlez le vrai du faux dans ces propositions.

	VRAI	FAUX
1. Le drapeau français est carré.	☐	☐
2. 12 étoiles figurent sur le drapeau européen.	☐	☐
3. Le surnom du drapeau américain est « Stars and Stripes ».	☐	☐
4. Il y a 3 étoiles sur le drapeau chinois.	☐	☐

Indice 2

Combien de réponses fausses avez-vous trouvées ? ___

3 Ground control?

L'oxygène commence à se faire rare. Dépêchez-vous de dire votre petite phrase qui marquera l'Histoire !

Indice 3

Combien de lettres composent le premier mot que vous avez écrit ? ___

mankind — Mars — came — peace — shall

And, as we leave ...., we leave as we .... and as we .... return, with .... and hope for all ....

4 Le bon timing

Votre module devra quitter la planète rouge à 14 h 52 min au plus tard (en temps terrestre). Il se déplacera à une vitesse moyenne de 20 m/s et devra parcourir 7 920 hm pour rejoindre la navette.

Si vous réussissez, à quelle heure aurez-vous rejoint les autres membres de l'équipage ?

....

Indice 4

Dans votre réponse, quel est le chiffre des unités des minutes ? ___

5 Attention danger !

CLÉ N°17

Pour rejoindre la navette, vous allez devoir éviter les astéroïdes. Trouvez la trajectoire qui permettra à votre module (le disque gris) de rejoindre la navette (carré gris) en évitant les astéroïdes.

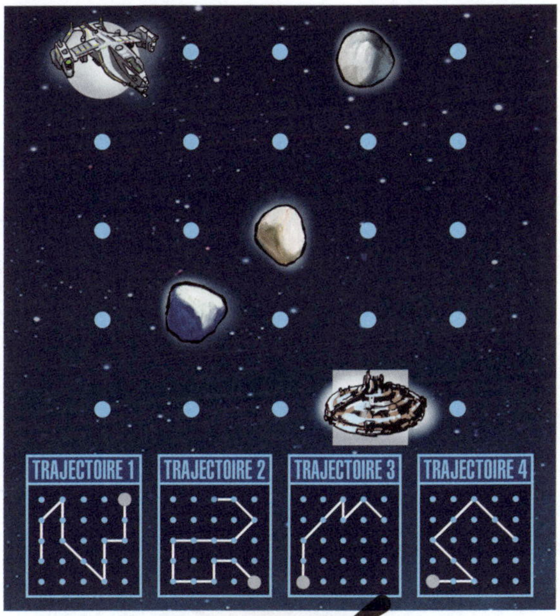

Indice 5

Quel numéro porte la bonne trajectoire ? ___

6 On rentre à la maison

Pour quitter Mars et rejoindre votre navette avant de ne plus avoir d'oxygène, trouvez la solution des cinq premières énigmes.

À l'aide de vos réponses, déplacez les curseurs en entourant le bon numéro.
Pour trouver le dernier réglage, soustrayez le résultat de votre troisième énigme à celui de votre première énigme.

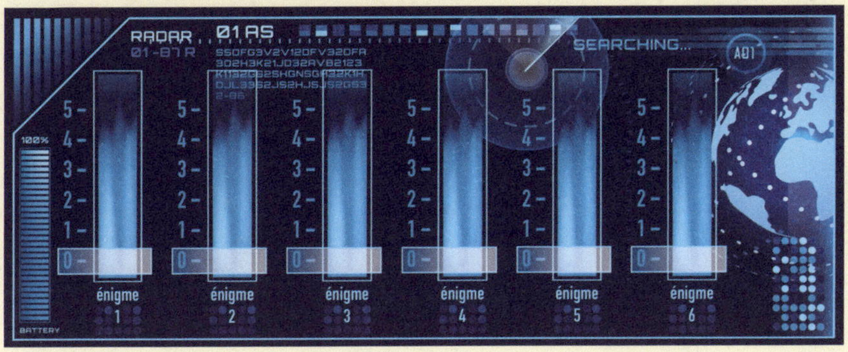

Si vous avez trouvé le bon réglage, les réacteurs grondent : fuyez avant de périr asphyxié !

Corrigés p. 55

10 PRISONNIER DU ROCHER

Vous êtes prisonnier d'un centre de détention sur une île en pleine mer. Vous avez organisé votre évasion. Si tout se passe bien, un hélicoptère viendra vous chercher sur le toit de la prison. Dépêchez-vous d'atteindre le toit ou vos complices partiront sans vous.

1 Récidive

CLÉ N°18

Ce n'est pas la première fois que vous tentez une évasion. Le gardien vous a donc attaché à votre lit avec une chaîne et un cadenas.

Trouvez le code, sachant qu'il s'agit de sa ville de naissance.

....

Indice 1

Dans l'ordre alphabétique, quelle est la place de l'initiale de la ville que vous avez trouvée ? ___

2 Le complice

Une des cellules voisines est occupée par un complice. Sur votre droite il y a Félix qui est entre Pat et Raymond. Il y a Bill qui est entre Pat et Bruce. Bruce est dans la cellule juste à votre droite.

Dans quel ordre sont-ils placés ?

....

....

....

Indice 2

Raymond est votre complice. Comptez le nombre de cellules qui le séparent de la vôtre : ___

3 Le message

CLÉ N°19

Votre complice a réussi à vous transmettre un message via vos voisins de cellules. Trouvez le résultat de chaque calcul puis coloriez les cases correspondantes.

Que voyez-vous ? ....

$\sqrt{81}$ = ...	$50 \div 2$ = ...	$48 \div 4$ = ...
$5^2 - 5$ = ...	$2^2 \times 3$ = ...	$(2 \times 9) + 2$ = ...
3×4 = ...	$15 + (2 \times 5)$ = ...	3×3 = ...
$36 \div 4$ = ...	$72 \div 2$ = ...	$2^2 \times 3^2$ = ...
5^2 = ...	$100 \div 5$ = ...	
9×4 = ...	$5 + 20$ = ...	

7	3	9	25	20	24	31
16	12	14	5	16	36	17
31	25	17	8	16	5	14
3	9	22	16	20	12	7
28	20	21	7	13	25	15
11	36	16	3	8	9	18
7	31	25	12	36	24	17

Indice 3

Dans l'ordre alphabétique, quelle est la place de la lettre que vous avez trouvée ? ___

4 Le carrelage

Vous avez creusé un trou derrière le carrelage. Replacez les carreaux pour que le gardien ne découvre pas le passage et trouvez la pièce (1, 2 ou 3) en trop.

Indice 4

Quel numéro porte la pièce en trop ? ___

5 La ronde

Dès que le gardien aura terminé sa ronde, vous pourrez vous faufiler jusqu'à la porte d'accès au toit. Vous savez que son circuit représente un rectangle. La largeur de cette figure représente les 2/3 de sa longueur. Vous avez également remarqué que le gardien met 180 secondes pour parcourir la moitié de la largeur de ce rectangle.

Combien de minutes met-il pour effectuer sa ronde ?

....

Indice 5

Quel est le chiffre des unités de votre réponse ? ___

Libéré, délivré ! 6

Pour vous échapper de cette prison, trouvez la solution des cinq premières énigmes.

À l'aide de vos réponses, formez un nombre qui vous permettra de trouver le code d'accès au toit de la prison.

Notez ici les cinq réponses aux cinq énigmes en commençant par les unités :

___ ___ ___ ___ ___

Pour composer le code, multipliez le nombre que vous avez trouvé par 56 :

....

Cochez les touches qui correspondent au résultat sur le clavier numérique.

Si vous avez composé le bon code, vous pouvez accéder au toit. Fuyez avec l'hélicoptère avant que les gardiens ne vous rattrapent !

Corrigés p. 55-56

JEUX
En terrasse !

1 T où ?

Un ami doit vous rejoindre pour prendre un verre en terrasse. Il vous envoie un texto… Que dit-il ?

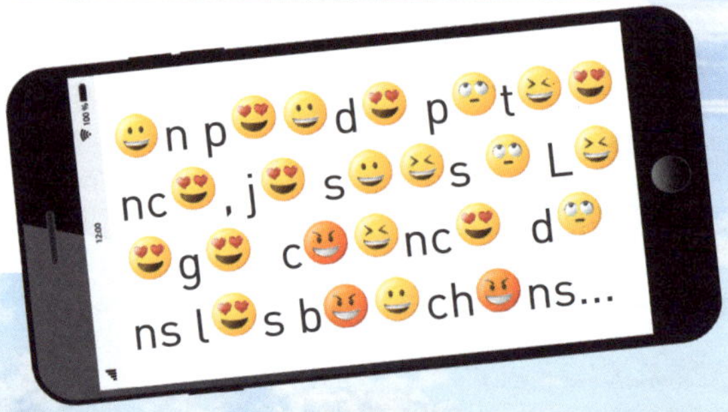

2 Cocktail !

Vous hésitez parmi tous les cocktails proposés. Avant de faire votre choix, reliez chaque breuvage à sa couleur.

1. Bloody Mary
2. Blue Lagoon
3. Piña Colada
4. Daïquiri
5. Margarita
6. Tequila Sunrise

3 Garçon !

Finalement vous préférez choisir des boissons sans alcool. Au moment de passer la commande, le garçon vous annonce que… Décodez sa phrase sachant qu'elle contient le mot « jus ».

……………………………………

……………………………………

4 Gourmandise

Vous changez votre fusil d'épaule et vous décidez de prendre une glace. Superposez les deux cartes pour découvrir les parfums.

T	F	E	R	I	N
A	M	G	U	B	L
N	Y	O	I	J	S
E	I	C	D	H	A
M	O	R	C	O	U
L	G	A	T	E	R

Les deux parfums sont : .... et ....

5 L'addition, s'il vous plaît !

Pour connaître le prix de l'addition, complétez ce calcul fruité.

Indice

6 Fin de service ?

Le serveur a terminé son service et efface déjà l'ardoise. Avec un petit sourire, il accepte de vous servir un dernier petit quelque chose... Vous avez le choix entre quoi et quoi ?

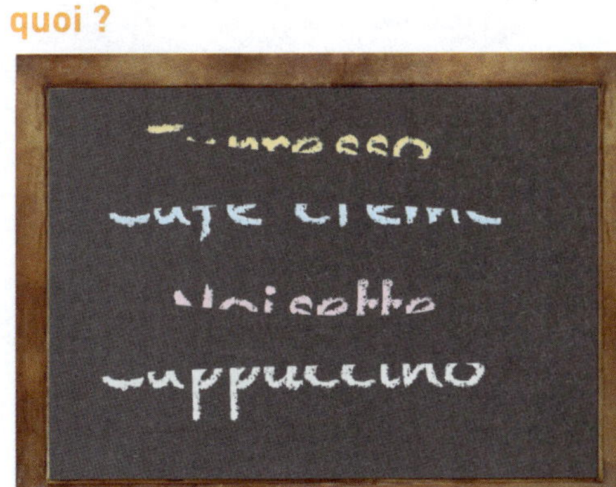

....

....

....

....

Corrigés p. 56-57

11 WANTED !

Vous êtes recherché par le shérif du village. Des complices vont venir vous chercher. Si vous leur donnez le bon mot de passe, ils vous feront monter à bord de leur diligence. Vous entendez les gars du shérif entrer dans le saloon...
Vite, cachez-vous !

1 La ruée vers l'or !

Vous avez dévalisé la banque. Pour estimer la masse de votre trésor, vous utilisez une balance à plateaux. Combien de pièces devez-vous poser sur le plateau vide pour équilibrer la dernière balance ?

....

Indice 1
Quelle est l'initiale de votre réponse si vous l'écrivez en lettres ? ___

2 Dans tous ses états

Pour vous faire oublier, vous allez devoir trouver une bonne planque. Avant de faire votre choix, remettez les lettres de chacun de ces sept états dans le bon ordre.

1. AAKNSS [...] [...] [...] [...] [...] [...]
2. AESTX [...] [...] [...] [...] [...]
3. AEIILNOSU [...] [...] [...] [...] [...] [...] [...] [...] [...]
4. ECKKNTUY [...] [...] [...] [...] [...] [...] [...] [...]
5. DEFILOR [...] [...] [...] [...] [...] [...] [...]
6. IIMORSSU [...] [...] [...] [...] [...] [...] [...] [...]
7. AADENV [...] [...] [...] [...] [...] [...]

Indice 2
Quelle est la troisième lettre du dernier état que vous avez écrit ? ___

3 Pas de triche !

Un joueur de poker vous fait passer discrètement des petits papiers déchirés.

twelve *The* *will* *stagecoach* *be* *at* *here*

Replacez les mots dans l'ordre pour reconstituer son message.

....

Indice 3
Quelle est la première lettre du cinquième mot de ce message secret ? ___

4 Cœur de cible !

Le cowboy qui s'entraîne sur la cible a certainement un indice pour vous. Son objectif est d'obtenir 34 points. Les balles ne peuvent pas être dans deux cases voisines et les deux tranches dans lesquelles il va tirer doivent être de couleurs différentes.

Quelles tranches doit-il viser ?

Le cowboy doit viser les tranches

[.....] et [.....].

Indice 4

En écrivant ces nombres en lettres, quelle est leur dernière lettre ? [__]

5 Pan ! Pan !

CLÉ N°21

Le shérif et ses hommes sont armés jusqu'aux dents. Caché derrière le comptoir, vous les écoutez discuter entre eux. Trouvez la seule affirmation qui soit correcte.

A Samuel Colt est l'inventeur du Revolver.

B Samuel Revolver est l'inventeur du Revolver.

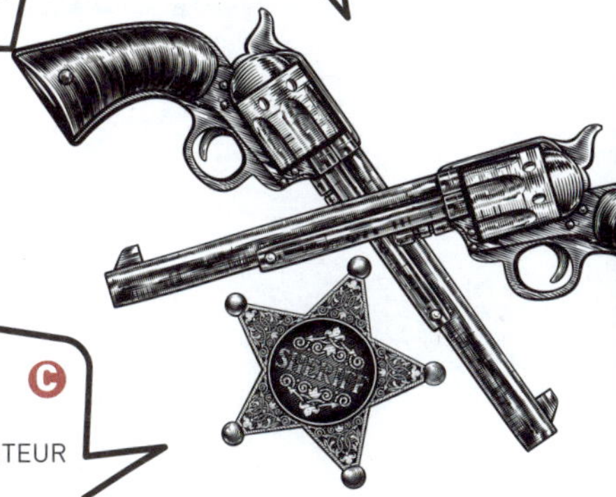

C Samuel Revolver est l'inventeur du Colt.

Indice 5

Quelle lettre correspond à votre réponse ? [__]

La ruse 6

Pour échapper au shérif, trouvez la solution des cinq premières énigmes.

À l'aide de vos réponses, éliminez une à une les lettres qui se trouvent en bas de votre avis de recherche. Il vous restera 5 lettres. Remettez ces lettres dans le bon ordre pour composer le mot de passe.

Le mot de passe est :

[__] [__] [__] [__] [__]

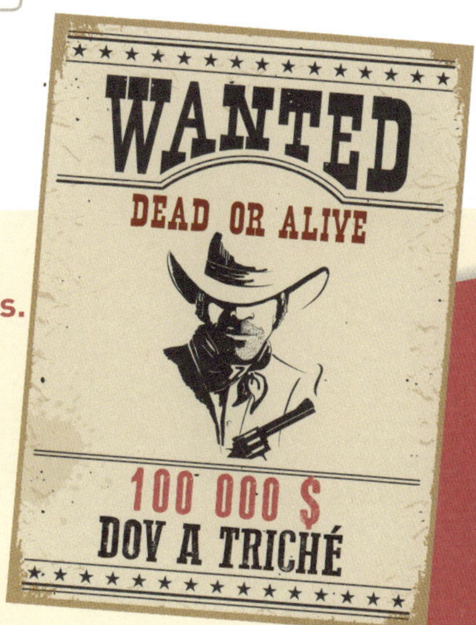

Si vous avez trouvé le mot de passe à temps, criez-le au conducteur de la diligence. Fuyez avant que le shérif vous pende haut et court !

Corrigés p. 57

12 Perdu dans le désert

Vous êtes seul au milieu du désert. Si vous ne trouvez pas de l'eau très rapidement, vous mourrez de soif. Au loin, vous pensez deviner une oasis... Faites vite, avant qu'il ne soit trop tard ! La température avoisine maintenant les 50 °C...

1 Désertique à perte de vue !

CLÉ N°22

Vous êtes épuisé de marcher dans ce sable et pourtant vous n'en êtes pas à votre première expédition... Attribuez à chacun de ces déserts le bon numéro.

Désert d'Atacama ...
Désert de Gobi ...
Désert australien ...
Désert du Kalahari ...
Désert du Namib ...
Sahara ...
Désert des Mojaves ...

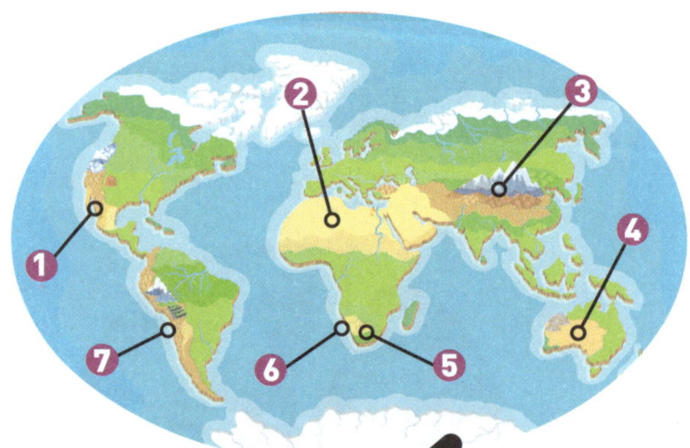

Indice 1

Comptez les lettres de votre réponse n°2. ___

2 Mauvaise rencontre

Vous savez que vous n'êtes pas seul dans ce milieu hostile... Restez vigilant et trouvez l'animal qui correspond à chaque définition.

1. Serpent à sonnette.
2. Antilope.
3. Il pique avec son aiguillon.
4. Lézard.
5. Il a deux bosses.
6. Renard du désert.

Indice 2

Combien de paires de pattes a l'animal que vous avez trouvé dans la colonne n°3 ? ___

3 Oh mirage ! Oh désespoir !

Cette chaleur vous fait tourner la tête. Agenouillé sur le sable chaud, vous croyez entendre une petite voix...

1. Le Petit Prince demande :
- C « Dessine-moi un bouton. »
- D « Dessine-moi un mouton. »
- S « Dessine-moi une moto. »

2. *Le Petit Prince* est une œuvre :
- E d'Antoine de Saint-Exupéry.
- I de Maurice Carême.
- O de Jean de La Fontaine.

3. Le texte est illustré par :
- A des pastels.
- E des gravures.
- U des aquarelles.

4. L'histoire se passe dans :
- Q le désert de Libye.
- T le désert de Gobi.
- X le désert du Sahara.

Indice 3

Quel mot pouvez-vous écrire avec les lettres de vos réponses ?

____

4 Pas à pas...

En marchant dans le sable du désert, vous vous rendez compte que lorsque vous faites deux pas, cela représente 5 pieds. Vous vous souvenez que votre pied mesure 26 cm.

Combien de fois allez-vous effectuer 2 pas pour rejoindre l'oasis située à 1,3 km ?

....

Indice 4

Quel est le premier chiffre de votre réponse ? ___

5 Silence, ça tourne !

L'oasis est de plus en plus proche ! Trouvez le personnage qui se cache derrière cette charade.

Mon premier est bas en anglais.
Mon deuxième est une suite de mailles tricotées.
Mon troisième est un adjectif démonstratif.
Mon quatrième est un « oui » russe.
Mon cinquième est un rongeur.
Mon sixième est un préfixe signifiant « deux fois ».

Mon tout est un film d'aventure qui se déroule dans le désert.

....

Indice 5

Dans l'ordre alphabétique, quelle est la place de la dernière lettre du prénom que vous avez trouvé ? ___

L'eau empoisonnée 6

L'oasis, vous êtes sauvé ! Enfin presque... La corde et le seau du puits ont disparu. Heureusement, un chamelier a pris soin de laisser 6 outres pleines, mais une seule contient de l'eau encore potable. Éliminez une à une les outres, à l'aide de vos réponses aux cinq premières énigmes.

....

Si vous avez trouvé l'outre à temps, buvez avant de mourir de soif !

Corrigés p. 57-58

13 L'ATTAQUE DES ZOMBIES

Vous fleurissez la tombe de votre tante quand, tout à coup, vous entendez la grille du cimetière se refermer... Horreur, les tombes s'ouvrent ! Vite, trouvez le chemin pour sortir de ce cimetière sans croiser les zombies ! Ils sont juste derrière vous...

1 Désossés

Paniqué, vous cherchez une arme pour vous défendre. La première chose qui vous tombe sous la main est un os... Saurez-vous répondre à chacune de ces questions ?

1. Quel est l'os le plus long du corps humain ?
   E le péroné
   N le fémur
   O le tibia
2. Comment s'appellent les cavités qui abritent les yeux ?
   S les vertèbres
   U les chevilles
   O les orbites
3. Combien d'os composent le corps humain ?
   D 28
   E 115
   R 206
4. Dans quel organe le cubitus se situe-t-il ?
   D le bras
   S le pied
   T le thorax

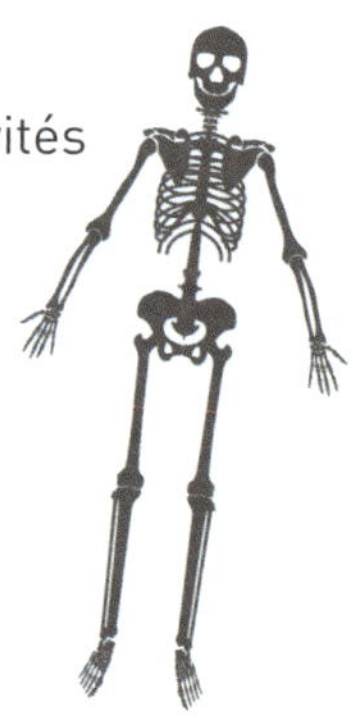

Indice 1 Quel mot pouvez-vous former avec les lettres de vos réponses ? ______

2 À chacun sa place

CLÉ N°23

À cause de l'obscurité, vous avez du mal à vous repérer. Trouvez l'emplacement de ces 4 éléments :

un caveau familial (4 cases), une tombe (3 cases), un banc (2 cases) et un arbre (1 case). Les chiffres vous indiquent combien de cases de la colonne sont occupées par ces éléments. Attention : ils ne doivent pas se toucher !

Indice 2 Quelle est la 2e lettre de l'élément qui se trouve sur la 5e ligne ? ___

3 Ouvrez la bouche !

CLÉ N°24

En contournant le crématorium, vous marchez sur une mâchoire... Retrouvez le nom de chaque dent.

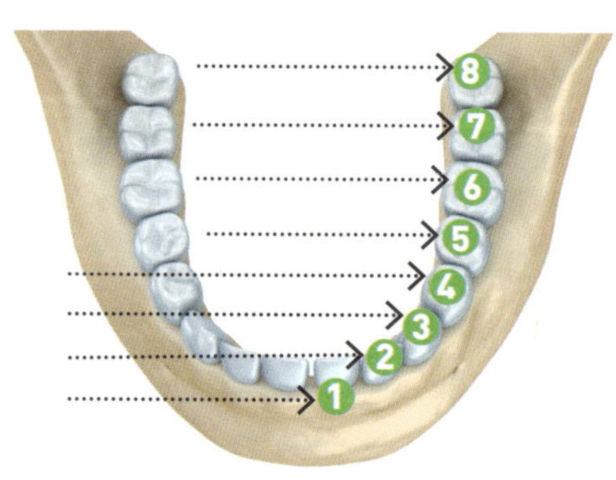

Indice 3 Quelle est la troisième lettre de votre troisième réponse ? ___

4 Enfermé !

Les grilles du cimetière sont fermées avec plusieurs chaînes entremêlées. Heureusement, vous trouvez un trousseau de clés dans le local du gardien.

Reliez chaque clé à sa serrure et reportez les lettres qui correspondent sous chaque cadenas.

....

Indice 4

Quelle est la troisième lettre du mot que vous avez trouvé ? ___

5 Thriller

Tous ces morts-vivants à votre poursuite, ça vous rappelle quelque chose... Saurez-vous démêler le vrai du faux ?

1. Le clip de la chanson *Thriller*, interprétée par Michael Jackson, durait 23 minutes.
   E Vrai
   S Faux
2. Le cimetière du Père-Lachaise est le plus visité au monde.
   U Vrai
   S Faux
3. La première version du film *La Nuit des morts-vivants* date de 1968.
   D Vrai
   T Faux

Indice 5

Quel mot pouvez-vous former avec vos réponses ? ________

Fuyez ! 6

Trouvez la solution des cinq premières énigmes pour vous repérer et sortir du cimetière.

Si vous avez trouvé les bonnes réponses, vous sortirez à temps. Sinon, les zombies vous attraperont... Complétez les indices que vous avez récoltés.

Énigme 1 : 30 mètres vers le ________

Énigme 2 : 20 mètres vers l' ___

Énigme 3 : 40 mètres vers le ___

Énigme 4 : 50 mètres vers l' ___

Énigme 5 : 80 mètres vers le ________

Partez du point rouge et déplacez-vous de case en case en suivant les indications pour trouver la sortie.

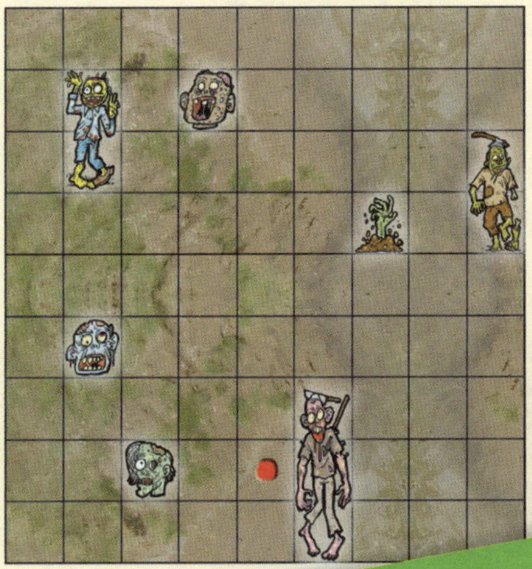

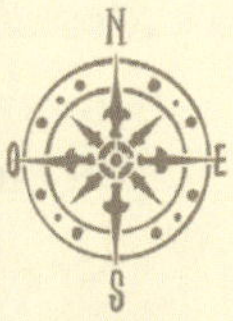

= 10 mètres

Si vous avez tracé le bon chemin, vous arrivez à sortir du cimetière sans croiser un zombie. Fuyez avant qu'ils vous retrouvent !

Corrigés p. 58

14 Meurtre dans l'Orient-Express

Un crime vient d'avoir lieu dans l'Orient-Express. Si vous ne démasquez pas le coupable avant l'arrivée en gare, l'assassin s'enfuira ! Dépêchez-vous de rassembler les indices... Le train file et le temps aussi...

1 Le bon timing

À bord de l'Orient-Express, votre convoi (composé de 4 wagons et de la locomotive qui mesurent 20 mètres chacun, attaches comprises) met 4 secondes pour parcourir l'équivalent de sa longueur.

Sachant qu'il est midi, à quelle heure le train atteindra-t-il la prochaine gare située à 135 km ?

Le train arrivera en gare à ....

Indice 1

Traduisez votre réponse en anglais.

____

2 L'arme du crime

CLÉ N°26

Le steward vous passe un message énigmatique sur l'arme du crime.

« Décoratif, je suis peint ou sculpté.
La nuit, je suis dans la chambre
et clos je vis en milieu fermé.
Masculin ou féminin, je suis dur ou mou,
selon le cas, j'accueille la fleur ou le ver.
Qui suis-je ? »

L'arme est un ... ...

Indice 2

Mélangez les lettres du mot que vous avez trouvé pour écrire le prénom d'une des passagères.

____

3 Knock! Knock!

Suivez les indications du contrôleur pour retrouver qui sont les occupants des cabines de ce wagon.

- Mr & Mrs Pastone sont voisins de deux cabines occupées chacune par un couple.
- Mrs Pymm a la cabine voisine de Mr Duncombe, son fils.
- Mr & Mrs MacDonald ont la cabine juste à côté de Mrs Pymm.
- Mr & Mrs Walsh ont la dernière cabine.

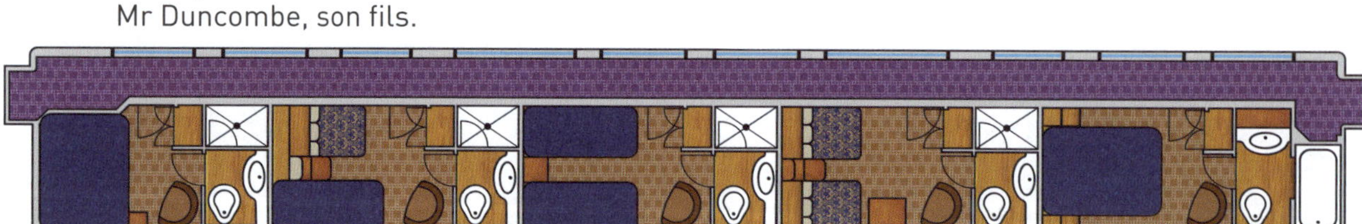

CABINE N°1	CABINE N°2	CABINE N°3	CABINE N°4	CABINE N°5

Indice 3

Qui est dans la cabine n°2 ?

____

4 Livre de chevet

Dans chaque cabine, vous remarquez un livre de chevet.

Reliez chaque auteur de roman policier à sa nationalité.

Auteur	Nationalité
Manuel Vázquez Montalbán •	• Belge
Agatha Christie •	• Espagnole
Georges Simenon •	• Écossaise
Fred Vargas •	• Anglaise
Arthur Conan Doyle •	• Française

Indice 4

Quelle est la nationalité du dernier auteur de la liste ? ____________

5 Lettre anonyme

CLÉ N°27

Alors que vous êtes dans votre cabine, un inconnu vous glisse un message sous la porte.

Replacez ces lettres dans le bon ordre pour former une phrase en anglais.

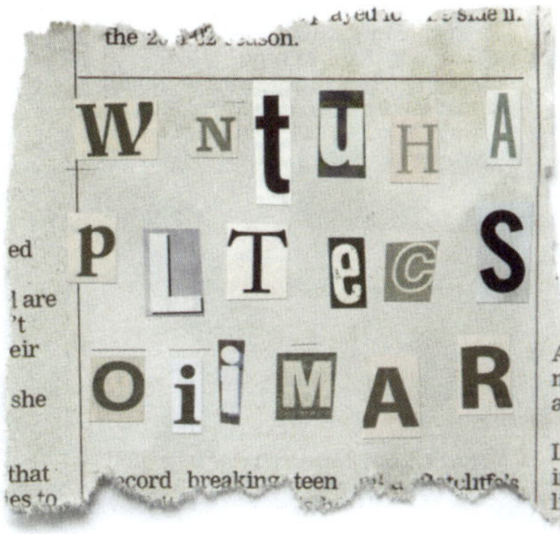

[.....] [.....] [.....]   [.....] [.....] [.....] [.....] [.....] [.....] [.....]

[.....] [.....]   [.....]   [.....] [.....] [.....] [.....] [.....]

Indice 5

Grâce à cet indice, vous avez le coupable ! ____________

Stop ! 6

Pour arrêter le coupable, trouvez la solution des cinq premières énigmes.

À l'aide de vos réponses, éliminez un à un les quatre premiers suspects.
L'indice **5** vous indiquera la personne à arrêter parmi les deux derniers suspects.
Dépêchez-vous de l'arrêter avant que le train arrive en gare...

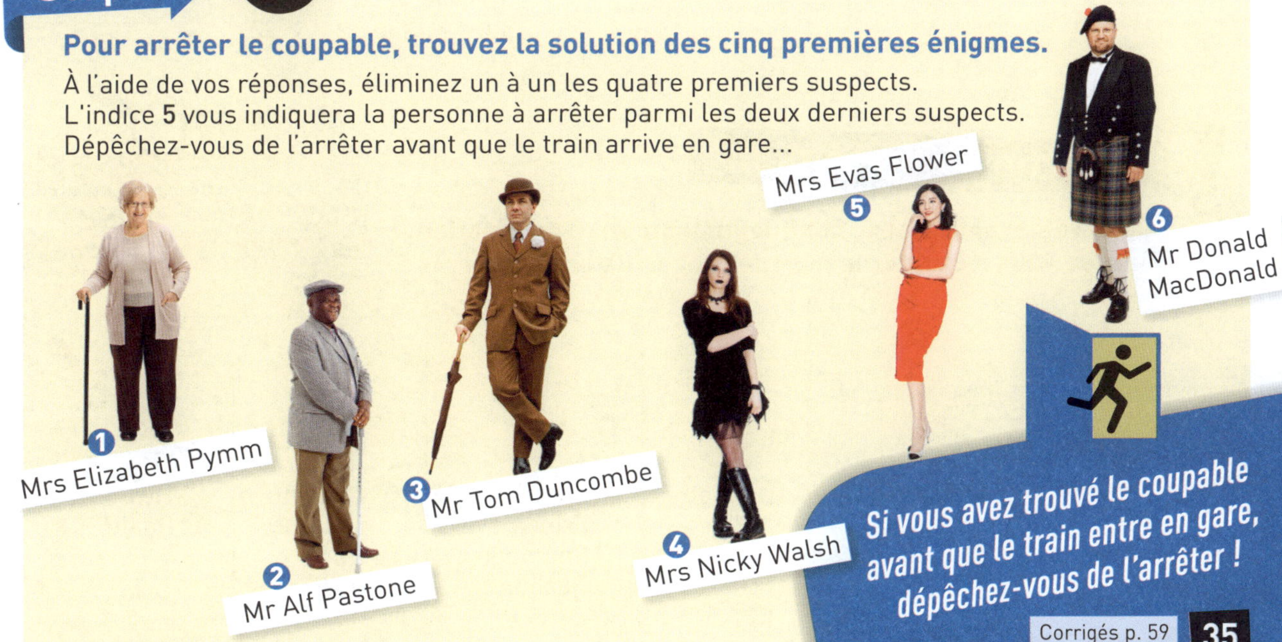

Si vous avez trouvé le coupable avant que le train entre en gare, dépêchez-vous de l'arrêter !

Corrigés p. 59

15 ATTENTION : ÉPIDÉMIE !

Un virus mortel se répand à une vitesse vertigineuse. Si vous ne trouvez pas le vaccin très rapidement, l'humanité sera décimée. Dépêchez-vous de trouver la bonne composition !

1 Contagion

Les informations annoncent que le virus est extrêmement contagieux. Le nombre de victimes double chaque jour. Nous sommes le 13 du mois et la moitié de la population de la capitale est déjà touchée...

Quel jour serons-nous quand l'intégralité des habitants de cette ville sera atteinte par cette maladie ?

Nous serons le ....

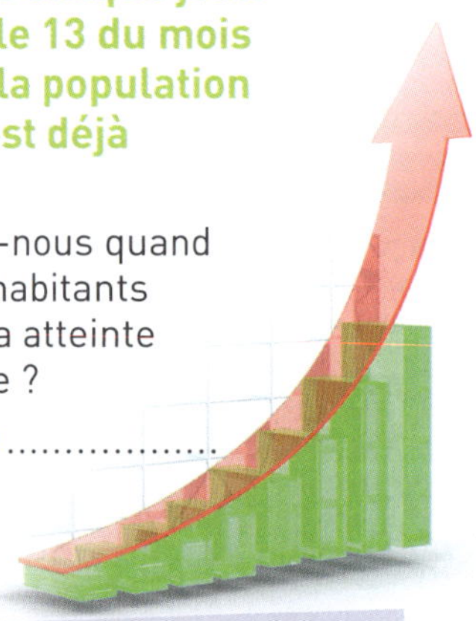

Indice 1

Écrivez votre réponse en lettres.

____

CLÉ N°28 — 2 L'organisation

Vous passez tout de suite à l'action. Vous connaissez déjà certains ingrédients indispensables à la réalisation du vaccin. Vous savez également que vous devez toujours les ajouter les uns aux autres dans un ordre précis.

Vous avez utilisé dans l'ordre : un peu d'antigène puis une bactérie auxquels vous avez ajouté une cellule et évidemment du diluant.
Il vous reste à disposition :

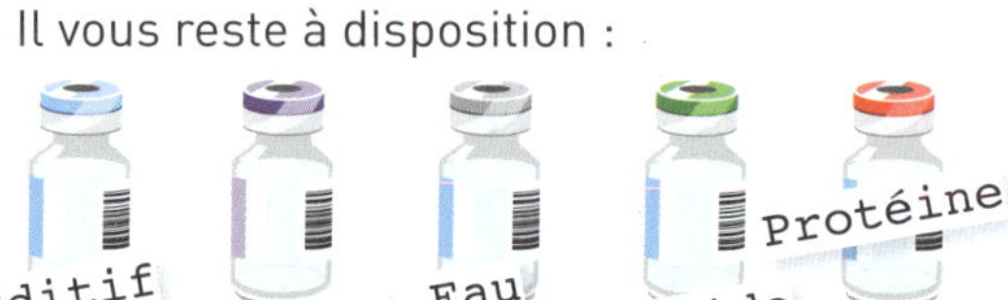

Quel sera votre prochain ingrédient ? Entourez-le.

Indice 2

Ne perdez pas l'ingrédient que vous avez choisi.

____

CLÉ N°29 — 3 Le choix du récipient

Dans votre laboratoire, chaque instrument a sa fonction. Saurez-vous retrouver le nom de chacun de ces récipients ?

Indice 3

Quel récipient de laboratoire pouvez-vous écrire avec les lettres de vos réponses ?

____

Ⓐ Ampoule à décanter
Ⓑ Ballon

Ⓔ Tube à essai
Ⓘ Éprouvette

Ⓒ Pipette
Ⓕ Pince

Ⓗ Fiole Erlenmeyer
Ⓜ Entonnoir Büchner

Ⓐ Coupelle à culture
Ⓔ Boîte de Petri

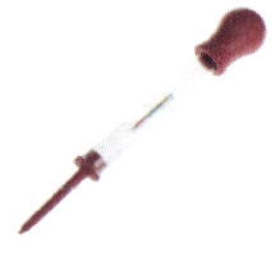

Ⓡ Hydromètre
Ⓣ Paille

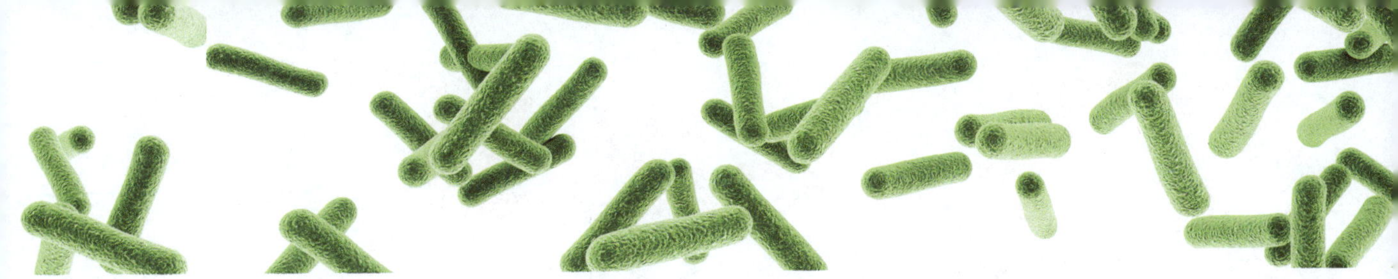

4 Ne pas confondre…

CLÉ N°30

Vous êtes un habitué du vocabulaire scientifique… Trouvez l'intrus parmi les sigles suivants.

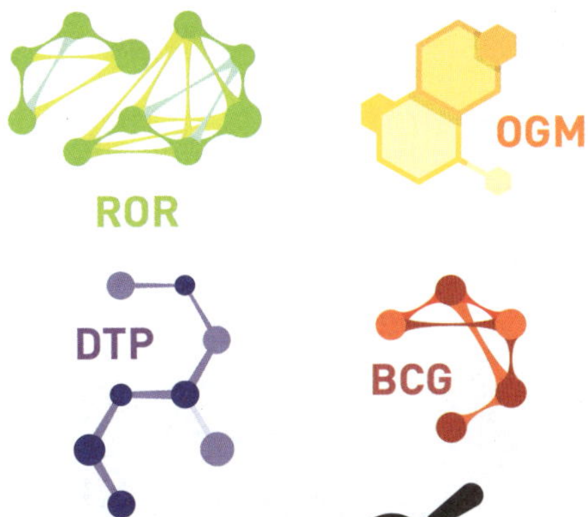

Indice 4

Quel sigle avez-vous choisi ?

______

5 La bonne dose

CLÉ N°31

Si vous réussissez à trouver le vaccin, le laboratoire commencera par produire un litre du principe actif pour réaliser un premier test grandeur nature.

D'après vos calculs, le vaccin sera une solution aqueuse avec une concentration de 2 % de principe actif et sera administré par des seringues de 5 ml. Combien de personnes pourront être sauvées grâce à cette première campagne de vaccination ?

Indice 5

Écrivez votre réponse en lettres.

______

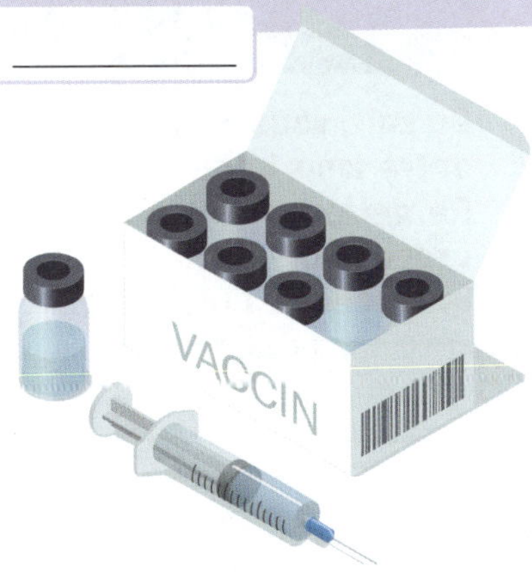

6 Sauvé !

Pour trouver le dernier ingrédient manquant à la réalisation du vaccin, trouvez la solution des cinq premières énigmes.

À l'aide de vos réponses, complétez la grille. Vous lirez verticalement un mot : c'est l'ingrédient que vous devez ajouter. Dépêchez-vous de finaliser le vaccin avant de ressentir à votre tour les premiers symptômes de la maladie…

Indice 4 :					.....	.....	.....			
Indice 2 :						.....	.....	.....		
Indice 1 :	.....	.....	.....	.....	.....	.....	.....	.....		
Indice 5 :			.....	.....	.....	.....	.....	.....	.....	.....
Indice 3 :		.....	.....	.....	.....	.....	.....			

Si vous avez trouvé le dernier ingrédient à temps, ajoutez-le à votre préparation… Ne traînez pas et commencez tout de suite la vaccination !

Corrigés p. 59

JEUX CINÉ, CINÉMA...

1 À la bonne place

Vous vous installez confortablement sur votre transat juste en face de l'écran, mais vous n'êtes pas venu seul...

Ralph est entre Simon et Emma, qui est séparée de Laurence par trois personnes. Stéphanie s'est assise sur la quatrième chaise longue. Qui est à côté de qui ?

....	....	....	....	....

2 À l'affiche !

Ce soir, vous avez le choix entre trois bons classiques. Remettez les mots dans le bon ordre pour reconstituer les titres des trois films.

homme · les · les
vieil · lieues · le
sous · la · la
mille · de · vingt
mers · dents · mer
et · mer

....
....
....

3 Générique

Pendant cette semaine de vacances, vous avez eu l'occasion de revoir plusieurs films... Reliez chaque interprète au film dans lequel il a joué.

1. Natalie Portman
2. Penélope Cruz
3. Leonardo DiCaprio
4. Johnny Depp
5. Emma Watson
6. Ryan Gosling

A. *Edward aux mains d'argent*
B. *Harry Potter à l'école des sorciers*
C. *Black Swan*
D. *La La Land*
E. *Shutter Island*
F. *Volver*

4 Bizarre, comme c'est bizarre...

Une erreur s'est glissée sur l'affiche du film. Lequel de ces acteurs n'a pas joué dans la série de films *Camping* ?

- Claude Brasseur
- Franck Dubosc
- Gérard Lanvin
- Jean Rochefort
- Mathilde Seigner

5 Casting

D'après vous, quels seront les acteurs du film de ce soir ? Pour le savoir, remettez les lettres dans le bon ordre...

Marin du soir

______ _____

Là, mon lit, Ricardo.

______ _________

Il cumule, Gaëtan !

_________ _____

6 Programmation

Le film est terminé. Pour découvrir celui qui sera projeté demain, trouvez le contraire de ce titre.

Vivre, c'est urgent !

....

Corrigés p. 59-60

16 Mission sauvetage

Vous êtes agent secret. La reine vous a choisi pour assurer sa sécurité lors de l'inauguration de l'exposition des bijoux royaux. Vous recevez un message vous informant qu'il y a une bombe ! Il ne vous reste que très peu de temps pour la désamorcer...

1 Au service de sa majesté

La reine vous a envoyé un courrier. Replacez les mots dans le bon ordre pour comprendre son message secret.

....

Indice 1

Quel est le rang du mot « wish » dans l'ordre des mots de votre réponse ? ___

2 Le choix des armes

CLÉ N°32

Comme à chaque mission, vous avez le choix parmi de nombreux gadgets. Lisez les informations pour choisir le gadget le plus adapté à cette opération délicate.

Pour certains, je suis un grade,
pour tous, je suis la sécurité.
Quand on n'arrive pas jusqu'à moi,
c'est qu'on a moins de mérite.

Vous allez choisir une ....

Indice 2

Dans l'ordre alphabétique, quelle est la place de l'initiale de votre réponse ? ___

3 Happy hour

CLÉ N°33

Au cours de la réception, une boisson délicatement pétillante est servie aux convives. Vous remarquez que les bouteilles ne sont pas classées dans le bon ordre. Saurez-vous les numéroter dans l'ordre croissant de leur contenance ?

N° ..... : Nabuchodonosor. N° ..... : Jéroboam.

N° ..... : Magnum. N° ..... : Mathusalem.

3 L 15 L 6 L 1,5 L

Indice 3

Quel numéro porte le Magnum ? ___

4 Précieuses et précises

CLÉ N°34

En observant la couronne, il vous semble qu'une pierre a été remplacée… Reliez chacune de ces pierres à sa couleur.

1. Diamant
2. Émeraude
3. Saphir
4. Rubis
5. Améthyste
6. Citrine

Indice 4
Avec combien de lettres s'écrit la couleur de la cinquième pierre ? ___

5 La poursuite

CLÉ N°35

Dans le cas d'une éventuelle course poursuite, vous êtes venu avec un véhicule équipé de nombreux gadgets. Complétez cette grille et relevez les lettres colorées pour former le nom de ce véhicule.

1. Véhicule léger.
2. Deux-roues.
3. Convoi ferroviaire.
4. Aéronef.
5. Engin volant.
6. Transport écologique citadin.

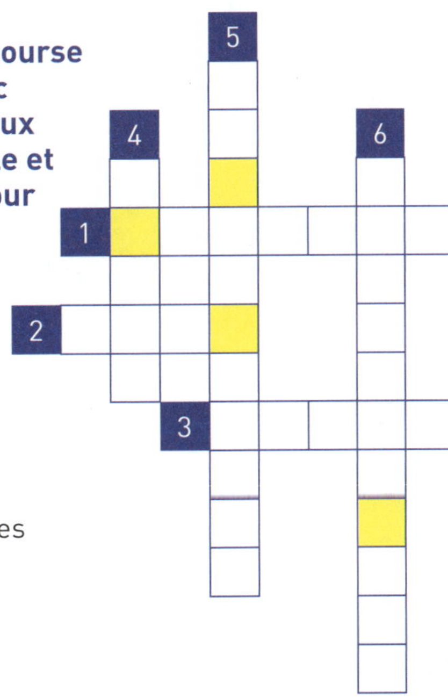

Quel autre moyen de transport pouvez-vous former avec les lettres en couleur ? ....

Indice 5
Dans l'ordre alphabétique, quelle est la place de la deuxième lettre de votre réponse ? ___

Coupez ! 6

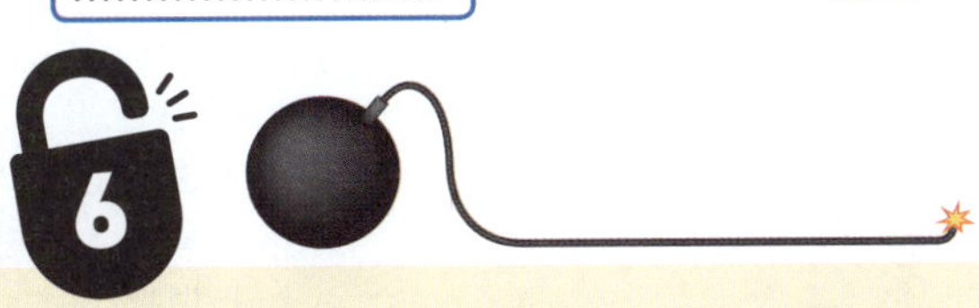

Vous avez trouvé la bombe. Pour savoir quel fil couper, trouvez la solution des cinq premières énigmes.

À l'aide de vos réponses, éliminez un à un les fils reliés à la bombe. Il vous restera un fil. Remettez les lettres des autres fils dans le bon ordre. Si vous trouvez le mot secret, c'est que vous pouvez couper le dernier fil. Dépêchez-vous ou ce sera votre dernière mission.

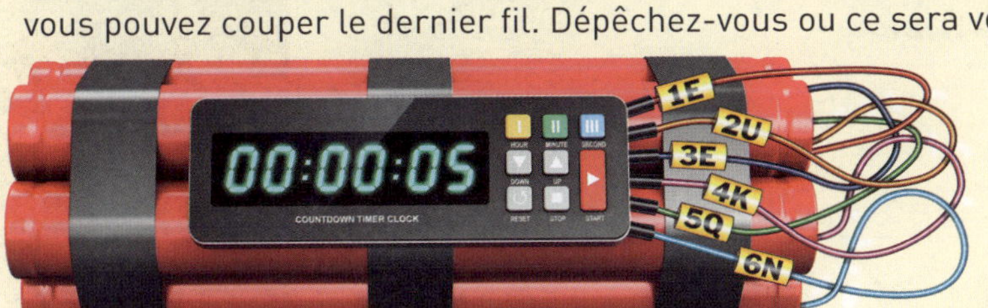

Avec les lettres des fils éliminés, vous pouvez former le mot : ....

Si vous l'avez trouvé à temps, coupez le dernier fil avant le feu d'artifice !

Corrigés p. 60

17 LE MYSTÈRE DE LA PIERRE PHILOSOPHALE

L'extension du métro va entraîner la destruction des catacombes. Vous savez que la pierre philosophale y est cachée depuis le XIVe siècle. Les premières pelleteuses approchent… Dépêchez-vous de trouver la pierre avant qu'elle ne disparaisse à jamais.

1 Descente sous terre

Vous cherchez l'entrée des catacombes. Pour y arriver, démêlez le vrai du faux dans ces affirmations.

	Vrai	Faux
A Si les plaques des égouts étaient carrées, elles pourraient tomber dans le trou en diagonale.	☐	☐
B Ce n'est qu'en 1967 que l'on commença à déposer les ossements des cimetières parisiens dans les carrières souterraines de la capitale.	☐	☐
C La température constante des catacombes est de 14° C.	☐	☐

Indice 1
Quelle est la lettre de la seule affirmation fausse ? ___

2 Avertissement !

À peine êtes-vous entré dans les couloirs des catacombes que vous découvrez un message sur le fronton d'un passage.

Que dit cet avertissement ?

……………………………………………………

Indice 2
Quelle est la première lettre de la phrase ? ___

3 La fontaine

En poursuivant dans ce dédale souterrain, vous découvrez une fontaine. Son bassin est un rond d'un mètre de diamètre. Il y a 30 centimètres d'eau à l'intérieur du bassin.

Combien de mètres cubes d'eau y a-t-il dans cette fontaine ?

……………………………………………………

Indice 3
Le premier chiffre de votre réponse ressemble graphiquement à une lettre : laquelle ? ___

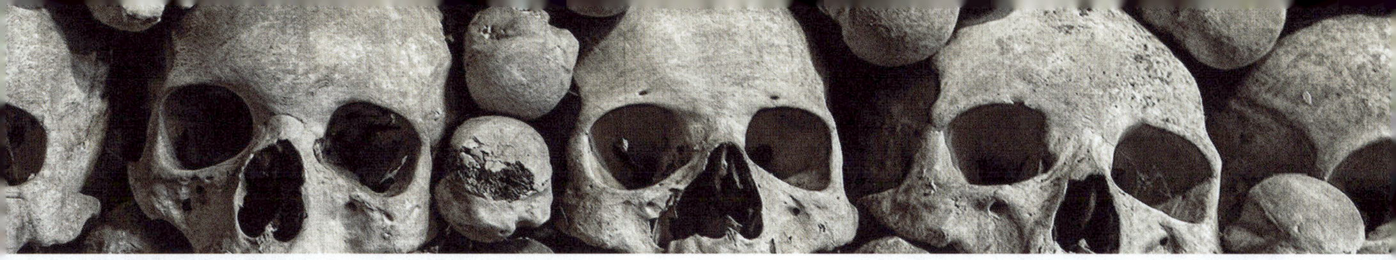

4 Du sol au plafond

CLÉ N°37

Vous savez que la pierre philosophale se cache derrière un de ces ossements, mais la tâche s'annonce complexe.

Complétez ces marches, sachant que chaque pierre est la somme des deux pierres juste en dessous. Le résultat de la dernière marche vous indiquera la quantité d'ossements qui vous entourent.

Il y a environ .... ossements.

Indice 4

Si vous écrivez votre réponse en lettres, quelle sera la deuxième lettre ? __

5 L'œil de lynx

CLÉ N°38

La chance est avec vous ! Vous avez découvert un parchemin laissé par le fameux alchimiste. Saurez-vous corriger ses dix fautes ?

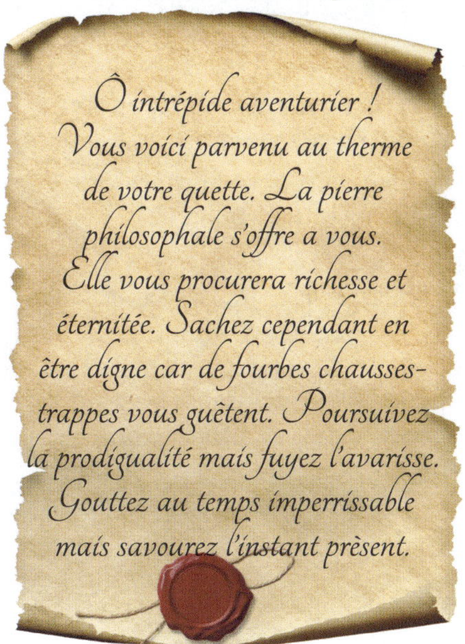

Ô intrépide aventurier !
Vous voici parvenu au therme de votre quette. La pierre philosophale s'offre a vous. Elle vous procurera richesse et éternitée. Sachez cependant en être digne car de fourbes chausses-trappes vous guêtent. Poursuivez la prodigualité mais fuyez l'avarisse. Gouttez au temps imperrissable mais savourez l'instant prèsent.

Indice 5

Quelle est la première lettre que vous avez supprimée pour corriger la première faute ? __

6 Casse-tête

Pour choisir les crânes derrière lesquels se cache la pierre philosophale, trouvez la solution des cinq premières énigmes.

À l'aide de vos réponses, éliminez un à un les crânes devant vous. Avec les crânes restants, reconstituez le mot de la formule magique. Si vous ne choisissez pas les bons crânes, l'ensemble s'effondrera et vous ensevelira.

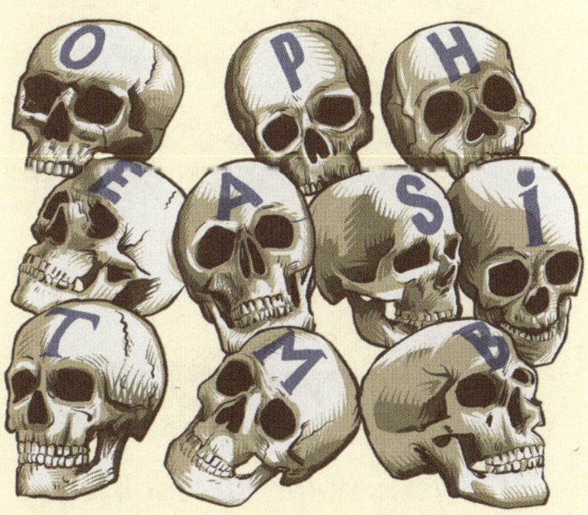

La formule magique est ....

Si vous avez trouvé la formule magique à temps, les crânes tournent sur eux-mêmes et la pierre philosophale apparaît. Dépêchez-vous de la saisir !

Corrigés p. 60-61

18 Il faut sauver la tour Eiffel

La tour Eiffel ne fait pas l'unanimité. Si au lever du soleil vous n'avez pas installé une antenne pour prouver l'intérêt de l'édifice de monsieur Eiffel, son démontage débutera... Dépêchez-vous d'atteindre le sommet ou la tour disparaîtra à jamais.

1 Un atout capital !

D'autres pays ont déjà leur monument… Reliez chaque site à sa ville.

A Athènes B Rome C Londres
D Berlin E Moscou F Pékin

Indice 1

Quel numéro et quelle lettre correspondent à votre réponse pour l'Italie ? ______

2 Question de temps

En entamant l'ascension de la tour, vous vous remémorez le temps qu'il a fallu aux ouvriers pour fixer tous les rivets.

Les riveurs étaient répartis en 16 équipes et ont travaillé 10 heures par jour pendant les 635 jours du chantier. En moyenne, chaque équipe parvenait à poser 10 rivets par heure.

Combien y a-t-il de rivets sur la tour Eiffel ? ....

Indice 2

Quel est le premier chiffre de votre réponse ? Si vous écrivez ce premier chiffre en lettres, quelle en sera l'initiale ? ______

3 Machineries

CLÉ N°39

L'ascenseur est bloqué. En examinant le mécanisme, vous voyez des lettres sont gravées sur les engrenages. Il s'agit du code pour le mettre en marche.

Levez la manette vers la droite pour placer la lettre jaune en face du repère numérotée. Tous les engrenages vont tourner… Quel mot écrivez-vous avec les lettres placées devant les repères ? ....

Indice 3

Quel est le numéro du second engrenage qui a tourné dans le sens inverse des aiguilles d'une montre ? Quelle lettre est venue se placer devant sa flèche ? ______

4 Vertigineux !

Vous atteignez enfin le dernier étage de la tour. Prenez un peu de recul et répondez à ces questions.

	Vrai	Faux
❶ Le plancher du dernier étage se situe à 150 mètres.	Ⓐ	Ⓑ
❷ Le troisième étage est réparti en quatre niveaux.	Ⓐ	Ⓑ
❸ Il y a 1 665 marches à gravir pour atteindre le sommet de la tour.	Ⓐ	Ⓑ

Indice 4

Quel numéro et quelle lettre correspondent à la seule affirmation vraie ? ______

5 Vous avez un message

Avant de réaliser les derniers branchements, vous sortez le petit papier que monsieur Eiffel vous a confié. C'est du morse ! Quel message allez-vous diffuser ?

•—•• •• —••• • •—• — •

....

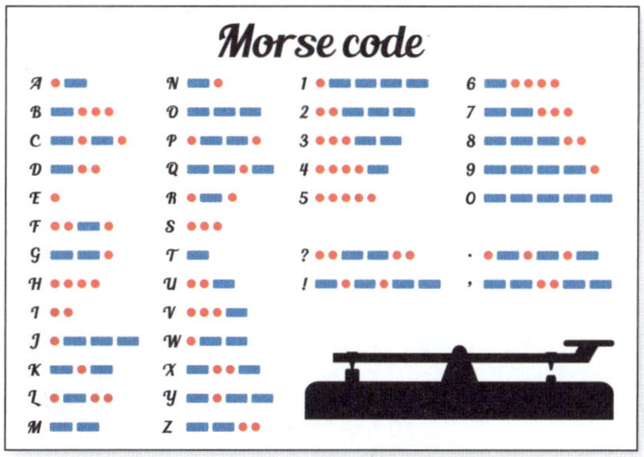

Indice 5

Quelle est la dernière lettre de votre réponse ? Quelle est sa place dans l'ordre alphabétique ? ______

6 La dernière chance

Pour savoir dans quel ordre brancher les fils de l'antenne sur l'émetteur radio, trouvez la solution des cinq premières énigmes.

À l'aide de vos réponses, reliez chaque fil à la bonne prise et il ne vous restera qu'un dernier blanchement possible. ....

Si vous avez trouvé les bons branchements avant le lever du jour, parlez dans le micro et dites votre message ! Vous allez sauver la tour Eiffel de la démolition !

Corrigés p. 61

19 Le fantôme du Lord

Vous êtes en week-end dans un château écossais lorsque vous comprenez que celui-ci est hanté. Trouvez le passage secret pour quitter ces lieux ou le fantôme de Lord Macmick fera de vous son convive pour l'éternité...

1 Histoire de famille

CLÉ N°40

Sur le tableau accroché devant vous, un visage a été effacé. Vous observez de plus près pour comprendre quel est son lien avec le fantôme de Lord Macmick.

C'est la sœur du fils, de la fille de la mère, du père de Lord Macmick. C'est donc sa

....

Indice 1

Quelle est la troisième lettre de votre réponse ? ___

2 Les voix

CLÉ N°41

Vous entendez des voix dans la nuit, mais le fantôme n'articule pas très bien... Trouvez comment séparer les mots les uns des autres pour que cette phrase devienne correcte en anglais.

....

Indice 2

Quelle est la deuxième lettre du dernier mot que vous avez écrit ? ___

3 Pouët !

Le fantôme de Lord Macmick est un farceur, il s'amuse à jouer de la cornemuse pour vous faire sursauter... Pour le stopper, démêlez le vrai du faux.

	Vrai	Faux
A La cornemuse est un instrument à vent.	☐	☐
B La cornemuse est un instrument à anche.	☐	☐
C La cornemuse se dit « *bagpipes* » en anglais.	☐	☐
D Le sac qui contient l'air est en tissu.	☐	☐

Indice 3

Quelle est la lettre de la seule affirmation fausse ? ___

4 Perdu...

CLÉ N°42

Vous êtes perdu dans le château. Heureusement, vous trouvez les plans détaillés de chaque pièce dans le tiroir du bureau.

Sur la gravure, il est précisé que chacun des trois étages habitables de ce bâtiment rectangulaire mesure 50 yards de long sur 20 yards de large.
Quelle est sa superficie totale en mètres carrés, en comptant la cave et le grenier ?

....

Indice 4

Quelle est l'initiale du plus haut niveau que vous avez intégré dans votre calcul ? ___

5 La bibliothèque

CLÉ N°43

D'après les plans, vous comprenez qu'il y a un passage secret depuis la bibliothèque vers la salle d'armes. Tirez sur le seul livre qui soit d'un auteur écossais.

Indice 5

Quelle lettre correspond au livre que vous avez choisi ? ___

Le passage secret 6

Vous vous retrouvez dans la salle d'armes. Pour en sortir vivant, trouvez la solution des cinq premières énigmes.

Rassemblez les cinq lettres de vos réponses et mélangez-les pour former le nom d'une arme.
C'est celle qu'il faut prendre pour ouvrir le passage secret vers le parc du château.
Dépêchez-vous de faire votre choix ou vous resterez prisonnier à jamais de Lord Macmick.

Énigme 1 : ___ **Énigme 2 :** ___

Énigme 3 : ___ **Énigme 4 :** ___ **Énigme 5 :** ___

Vous choisissez de prendre la ___ ___ ___ ___ ___.

Si vous avez trouvé l'arme à temps, le passage s'ouvre. Fuyez avant que le fantôme ne vous rattrape !

Corrigés p. 62

JEUX FESTIVAL !

1 Quel festival !

Chaque année, vous découvrez un nouveau festival. Démêlez le vrai du faux avant de faire votre choix.

	Vrai	Faux
❶ Le festival des Vieilles Charrues se déroule en janvier.	☐	☐
❷ La ville de Rennes accueille les Rencontres trans musicales.	☐	☐
❸ Le Hellfest est le rendez-vous incontournable pour un fan de heavy metal.	☐	☐
❹ Les Francofolies de La Rochelle sont consacrées à la musique francophone.	☐	☐
❺ Marciac organise un festival de country.	☐	☐
❻ Les Eurockéennes de Belfort ont été créées en 1979.	☐	☐

2 Au micro ce soir…

De nombreux artistes vont venir sur scène. Reliez chaque chanson à son interprète.

❶ Balance ton quoi
❷ Cosmo
❸ Makeba
❹ Je dis aime
❺ Je vole
❻ Papaoutai

Ⓐ Louane
Ⓑ -M-
Ⓒ Stromae
Ⓓ Jain
Ⓔ Soprano
Ⓕ Angèle

3 N'oubliez pas…

En entrant dans le festival, une personne de l'accueil vous parle, mais vous n'entendez pas tous les sons… Reconstituez sa question.

V♩♪L♪Z-V♩♪S

D♪S B♩♪CH♩NS

D'♩R♪♪LL♪S ?

……………………………………………………………

……………………………………………………………

4 Tous en chœur !

Le chanteur qui ouvre le festival (Amir) invite son public à chanter avec lui. Connaissez-vous les paroles manquantes ?

5 En duo

De faux duos se sont formés spécialement pour le festival. À vous de reconstituer les vrais duos.

1. Catherine Ringer et Oli
2. Amadou et Kool Shen
3. Bigflo et Charden
4. Joey Starr et Fred Chichin
5. Sylvie Hoarau et Thomas Bangalter
6. Stone et Aurélie Saada
7. Guy-Manuel de Homem Christo et Mariam

- ……………………………………………
- ……………………………………………
- ……………………………………………
- ……………………………………………
- ……………………………………………
- ……………………………………………
- ……………………………………………

6 Avant de partir !

Avant de quitter le festival, vous avez un choix à faire. Mélangez les lettres de deux mots additionnés pour composer un troisième mot. Avec les trois mots que vous aurez trouvés, faites votre choix...

BLOG + ÉTÉ =

_ _ _ _ _ _ _

CINES + ONG =

_ _ _ _ _ _ _ _ E

VENUS + ROI =

_ _ _ _ _ _ _ _ R

Corrigés p. 62

CORRIGÉS

1 La malédiction du pharaon

1•Pyramide mathématique

INDICE 1
Le produit sur la case au sommet est 6 048.
Le chiffe des dizaines est le **4**.

2•Les énigmes du Sphinx

Les réponses aux questions sont : **1** D, **2** O, **3** U, **4** Z, **5** E.

INDICE 2
Le mot formé par les réponses est : **DOUZE**.

3•C'est écrit...

Il faut déplacer les calames qui sont au centre pour former le sommet d'une pyramide. Vous obtenez un grand triangle (la pyramide) et un petit triangle (le sommet) :

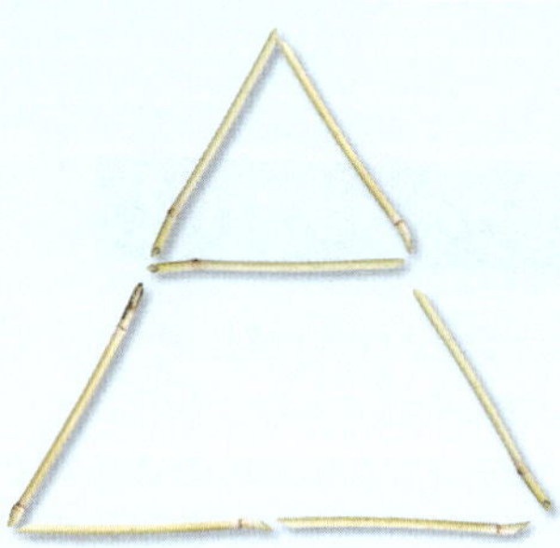

INDICE 3
2 calames ont été déplacés.

4•La vallée du Nil

L'intrus est : Babylone. Cette cité antique se trouve dans l'actuel Irak. Toutes les autres propositions sont en Égypte.

INDICE 4
Il y a **8** lettres dans le mot « Babylone ».

5•Prix par tête

Tchenti devra donner 7 vaches. Tchenti a laissé ses vaches durant 4 semaines, soit 28 jours. Cela représente l'équivalent de 3 360 jours (120 vaches x 28 jours). Menna a occupé la parcelle pendant l'équivalent de 2 400 jours (40 vaches x 60 jours). Le total de la durée d'occupation est donc de 5 760 jours. Tchenti doit donc payer (12 x 3 360) ÷ 5 760 = 7 vaches.

INDICE 5
Le **7**.

6•Par ici la sortie !

Le hiéroglyphe 4 est éliminé par l'énigme 1.
Le hiéroglyphe 12 est éliminé par l'énigme 2.
Le hiéroglyphe 2 est éliminé par l'énigme 3.
Le hiéroglyphe 8 est éliminé par l'énigme 4.
Le hiéroglyphe 7 est éliminé par l'énigme 5.
Il reste donc le hiéroglyphe **9**.
Le hiéroglyphe sur lequel appuyer est ici :

2 Le métro infernal

1•C'est-à-dire ?

La signification des sigles est : **1** b Régie Autonome des Transports Parisiens, **2** a Transport Express Régional, **3** c Réseau Express Régional.

INDICE 1
La dixième lettre de la troisième réponse est le **R**.

2•Ça grésille...

Mesdames, mes**sieurs** !
Notre rame de métro est victime d'une grave avarie hyd**rau**lique. Suite à un acte de malve**illa**nce, les freins ont lâch**é**. Je vais tou**t** faire pour arrêter notre conv**oi**, mais le meilleur moyen pour pal**li**er ce problème serait d'actionner les freins de manière manuelle. Vous seuls y avez acc**ès**.
Gardez votre calme et bonne chance !

INDICE 2
La quatorzième lettre écrite est le **É** de « lâché ».

3•Sur la bonne voie...

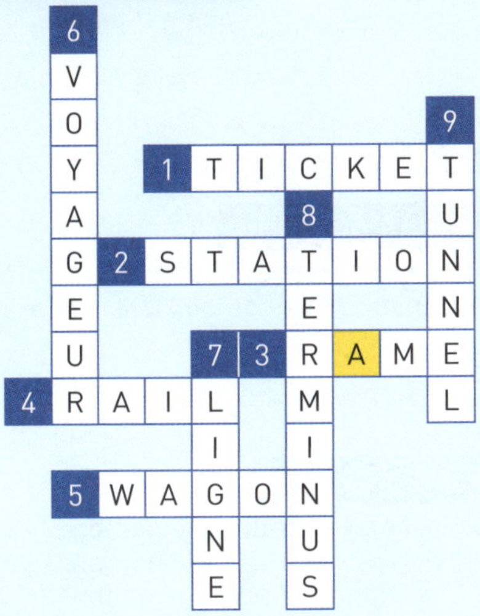

INDICE 3
Dans la case colorée, se trouve la lettre **A**.

4•Bondé !

Soit H le nombre d'hommes, soit F le nombre de femmes et E le nombre d'enfants. On sait que :

F = E + 7
H = 3 x E
H = F + 7

On peut donc en déduire que :

E = F – 7
H = 3 x (F – 7)
H = 3F – 21
F + 7 = 3F - 21
F + 28 = 3F
28 = 2F

Donc F = 14, et en conséquence H = 21 et E = 7.
Il y a 21 hommes adultes, 14 femmes adultes et 7 enfants.

INDICE 4
La troisième lettre de « sept » est le **P**.

5•La fin est proche

L'auteur des édicules des stations du métro parisien est : Guimard.

INDICE 5
La dernière lettre de « Guimard » est le **D**.

6•Stoooop !

L'énigme 1 permet de positionner le premier bouton sur le cran R.
L'énigme 2 permet de positionner le deuxième bouton sur le cran É.
L'énigme 3 permet de positionner le troisième bouton sur le cran A.
L'énigme 4 permet de positionner le quatrième bouton sur le cran P.
L'énigme 5 permet de positionner le cinquième bouton sur le cran D.

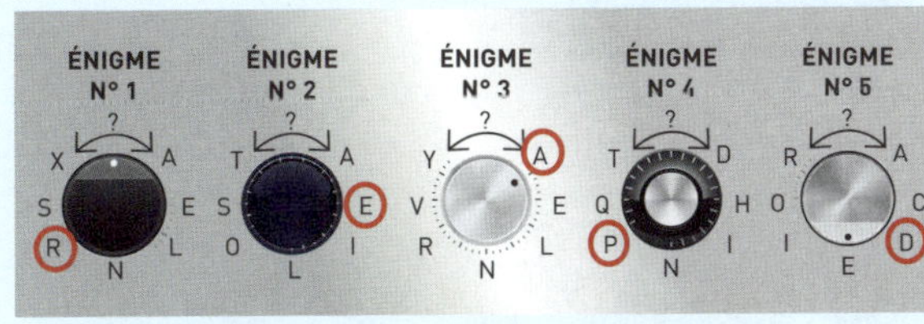

En remettant les lettres dans l'ordre, vous trouvez le nom de la prochaine station : **DÉPAR**T.

3 L'île perdue

1•Reflet

INDICE 1
Les coordonnées du reflet de la noix de coco sont : (6 ; 5). L'ordonnée est **5**.

2•Cap' ou pas cap' ?

Le cap intrus est : 6 Le cap Hytêne (capitaine).

INDICE 2
Le cap Hytêne porte le numéro **6**.

3•C'est où ?

La mer Rouge est mal placée :

INDICE 3
La légende de la mer Rouge porte le numéro **4**.

4•Un petit creux

6141
+ 6235

12376

La valeur des fruits est :

= 4 = 6 = 5 = 2 = 3 = 7 = 1

INDICE 4
La valeur de la papaye est **3**.

5•Longue vue

Le nom du paquebot est : baleine (bas – lait – nœud).

INDICE 5
L'initiale de la réponse est B. Le B est la **2**e lettre de l'alphabet.

6•Save Our Souls

L'énigme **1** permet d'éliminer le message n°5 (**Partez vite**).
L'énigme **2** permet d'éliminer le message n°6 (**Demi-tour**).
L'énigme **3** permet d'éliminer le message n°4 (**Je vous hais**).
L'énigme **4** permet d'éliminer le message n°3 (**Laissez-moi**).
L'énigme **5** permet d'éliminer le message n°2 (**Non merci**).
Il reste le message n°1.
Le message en morse dit : **Venez !**

4 Mission casino

1•Poker

				1	Q	U	I	N	T	E	F	L	U	S	H
			2	F	U	L	L								
			3	P	A	I	R	E							
	4	S	U	I	T	E									
			5	B	R	E	L	A	N						
6	C	A	R	R	E										

INDICE 1
Le chiffre de la colonne colorée est **4**.

2•Carte !

La somme des valeurs des paires de cartes est égale à 13. Les enseignes alternent : carreaux/piques puis cœurs/trèfles. La prochaine carte sera le 7 de cœur.

INDICE 2
La valeur de la carte retournée est **7**.

3•Tapis !

La bille s'arrêtera sur la case 9.

INDICE 3
Le numéro de la case gagnante est **9**.

4•Les complices

Le message est : « Le croupier est **un** des complices. »

INDICE 4
Le chiffre du message est **1**.

5•Le partage du butin

Le complice qui repartira avec le plus de sacs est : Doud. Il y a ensuite Flo, Loulou, Jessie, Max et Nini.

INDICE 5
Nini aura **1** sac.

6•Le grand casse !

L'énigme 1 permet de trouver le nombre **4**.
L'énigme 2 permet de trouver le nombre **7**.
L'énigme 3 permet de trouver le nombre **9**.
L'énigme 4 permet de trouver le nombre **1**.
L'énigme 5 permet de trouver le nombre **1**.
Vous obtenez donc le nombre 11 974.
11974 ÷ 2 = 5987
Vous avez entouré les quatre touches suivantes :

5 Vol au musée !

1•Fragile !

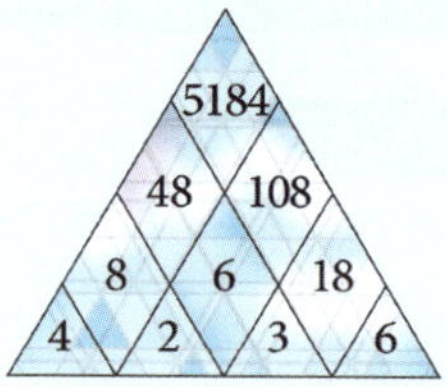

INDICE 1
Le nombre au sommet de la pyramide est 5184.
Le chiffre des unités est le **4**.

2•Les grands maîtres

1 *L'Été* – Giuseppe Arcimboldo
2 *La Joconde* – Léonard de Vinci
3 *La Dentellière* – Johannes Vermeer
4 *Guernica* – Pablo Picasso
5 *Le Sacre de Napoléon* – Jacques-Louis David
6 *Le Radeau de La Méduse* – Théodore Géricault

INDICE 2
Guernica est exposé au musée de la Reina Sofía, à Madrid. Ce tableau porte le n°**4**.

3•La grande salle

La première salle a une superficie de 144 m² (12 x 12 = 144). La seconde salle a la même superficie, donc sa largeur est de 144 ÷ 24 = 6. La largeur de la salle rectangulaire est de 6 mètres.

INDICE 3
Le **6**.

4•Le titre du tableau !

Le titre de l'œuvre que veut dérober le cambrioleur est : *La Liberté guidant le peuple*, d'Eugène Delacroix (la – lit – Bêêê - 'R – thé – gui – dent – L' - œufs – peu – pleut).

INDICE 4
La dernière lettre du titre est le **E**.

5•Connu, mais connu

Eugène Delacroix était : français.

INDICE 5
La dernière lettre du mot « français » est le **S**.

6•La main dans le sac !

Indice 1 : **4** cases vers le N.
Indice 2 : **4** cases vers l'O.
Indice 3 : **6** cases vers le S.
Indice 4 : 7 cases vers l'**E**.
Indice 5 : 2 cases vers le **S**.
Si vous suivez les indications, le chemin sur le plan est :

JEUX À la plage

1•Levez la tête !

« Ce soir, *rooftop party* au casino ! »
Il fallait reculer chaque lettre d'une place dans l'ordre alphabétique.

2•Bien à l'ombre !

L'ombre **A**.

3•À chacun sa place !

4•Le MNS

« Il n'y a pas de méduse cette année » (île – nid – A – pas – 2 – méduse – 7 – âne – nez).

5•Un son iodé

1 B. **2** C. **3** A.

6•Les pieds à l'air !

C'est Flo qui en a le plus. Ensuite il y a Steph, Lou, Fred et Camille.

6 Poursuivi par les yakuzas

1•Message aux passagers

Good **afternoon** passengers. This is the pre-boarding announcement for **flight** 89B to Rangoon. We are now inviting **passengers** with small **children** and passengers requiring special **assistance** to begin boarding at this time. Please have your boarding **pass** and identification ready. Regular boarding will begin in approximately **five** minutes. Thank you.

INDICE 1
Le dernier mot que vous avez écrit est *five*, qui signifie **cinq** en français.

2•Compréhension

Le message dit : passeport (pas – ce – porc).

INDICE 2
La septième lettre du mot « passeport » est le **O**.

3•Destination

La destination la plus proche est Pékin avec un départ à 15h50. Votre vol partira 40 minutes (2 400 sec ÷ 60 = 40 minutes) plus tard, soit à 16h30. De la même manière, la destination la plus lointaine est Los Angeles, avec un départ à 17h15. Votre vol partira 45 minutes (0,75 x 60 = 45 minutes) avant, soit à 16h30. Votre destination est : Bangkok.

INDICE 3
« Bangkok » s'écrit avec **7** lettres.

4•Salon Business

Les réponses sont :
1. Vrai **2.** Vrai **3.** Vrai **4.** Vrai **5.** Faux

INDICE 4
Il n'y a qu'**1** réponse fausse.

5•À la baguette !

Sur votre plateau, il y a : 4 sashimis, 7 sushis et 12 makis.

INDICE 5
Il y a **7** sushis.

6•Embarquement immédiat

L'énigme 1 permet de trouver le chiffre 5.
L'énigme 2 permet de trouver le chiffre 0.
L'énigme 3 permet de trouver le chiffre 7.
L'énigme 4 permet de trouver le chiffre 1.
L'énigme 5 permet de trouver le chiffre 7.

Votre numéro de vol est donc le **713705**.
En retournant le cadran, vous lisez le mot « soleil ».

7 Naufragé du Titanic

1•Message brouillé

Le message complet est : « C'est la panique ! Un iceberg a ouvert notre coque. Nous sommes au large de Terre-Neuve. »

INDICE 1
La dernière lettre est un **E**.

2•Ça flotte !

INDICE 2
Dans la dernière colonne, il y a le Titanic.
La dernière lettre de ce mot est le **C**.

3•Quel orchestre !

A Vrai. B Vrai. C Faux. Le violoncelle a quatre cordes. D Vrai.

INDICE 3
L'affirmation qui est fausse porte la lettre **C**.

4•Les passagers

L'ensemble des canots peut embarquer (2200 ÷ 2 = 1100) 1100 passagers. Ces 1100 passagers sont répartis dans 20 canots. Il y a donc (1100 ÷ 20 = 55) 55 passagers par canot. 1/5e de 55 places = 11 places libres. Il reste donc de la place pour onze personnes.

INDICE 4
La deuxième lettre du mot « onze » est le **N**.

5•Méli-mélo

The captain goes down with the ship (Le capitaine sombre avec son navire).

INDICE 5
Le cinquième mot de la phrase est *with*. La dernière lettre de ce mot est le **H**.

6•Sauvé !

L'énigme 1 permet de trouver la lettre **E**.
L'énigme 2 permet de trouver la lettre **C**.
L'énigme 3 permet de trouver la lettre **C**.
L'énigme 4 permet de trouver la lettre **N**.
L'énigme 5 permet de trouver la lettre **H**.
En remettant les lettres dans l'ordre, le nom de votre canot est : **CHANCE**.

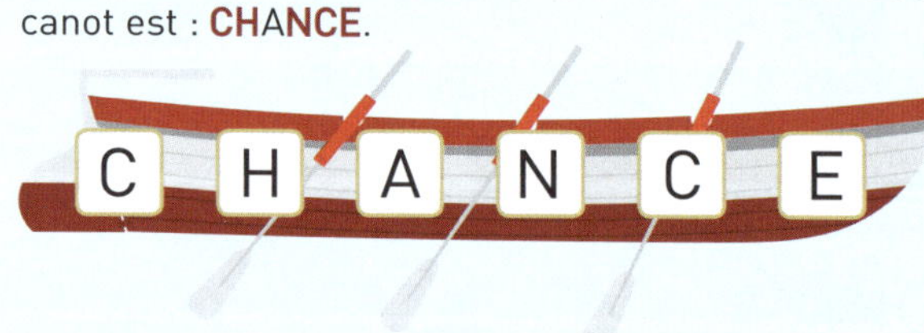

8 Perdu dans les couloirs du temps

1•La cour du roi

Louis IX → Saint Louis
Louis XIV → Le Roi-Soleil
Philippe IV → Le Bel
Henri IV → Le Vert-galant

INDICE 1
Le roi surnommé « le Vert-galant » est Henri IV.
Son prénom est suivi du chiffre **4**.

2•Visite au palais de l'Élysée

1 Charles de Gaulle, **2** Georges Pompidou, **3** Valéry Giscard d'Estaing, **4** François Mitterrand, **5** Jacques Chirac, **6** Nicolas Sarkozy, **7** François Hollande, **8** Emmanuel Macron.

INDICE 2
Le président François Mitterrand porte le n°**4**.

3•C'est capital !

1. Berlin **2.** le Congo **3.** Tokyo **4.** Canberra

INDICE 3
La réponse à la question 3 est Tokyo.
Cette capitale s'écrit avec **5** lettres.

4•L'inconnu

L'inconnu est : Christophe Colomb.

INDICE 4
Le nom de famille « Colomb » s'écrit avec **6** lettres.

5•Opération Neptune

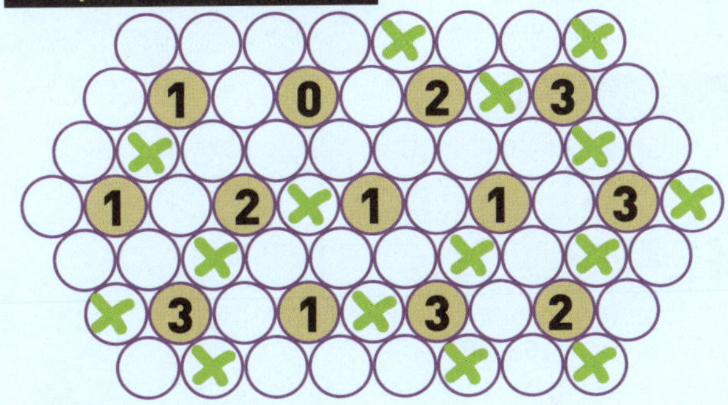

INDICE 5
Il y a **3** navires dans la rangée du bas.

6•Retour vers le futur

L'énigme 1 permet de trouver le chiffre **4**.
L'énigme 2 permet de trouver le chiffre **4**.
L'énigme 3 permet de trouver le chiffre **5**.
L'énigme 4 permet de trouver le chiffre **6**.
L'énigme 5 permet de trouver le chiffre **3**.
Vous avez trouvé le nombre 36544.
36544 – 34410 = **2134**

9 Fin de mission sur Mars

1•Vol international

1 Astronaute, Américain. 2 Cosmonaute, Russe.
3 Spationaute, Français. 4 Taïkonaute, Chinois.

INDICE 1
La nationalité de la deuxième proposition est « Russe ». Le mot « Russe » s'écrit avec **5** lettres.

2•Quand les drapeaux flottent...

1 Faux. Il est rectangulaire. 2 Vrai. 3 Vrai.
4 Faux. Il y en a cinq.

INDICE 2
Vous avez trouvé **2** réponses fausses.

3•Ground control ?

*And, as we leave **Mars**, we leave as we **came** and as we **shall** return, with **peace** and hope for all **mankind**.*
(Et, tandis que nous quittons Mars, nous partons comme nous sommes venus et comme nous reviendrons, avec paix et espérance pour toute l'humanité.)
NB : phrase adaptée de la déclaration de Gene Cernan, dernier homme à avoir foulé le sol lunaire le 14 décembre 1972.

INDICE 3
Le premier mot que vous avez écrit est *Mars*.
Il s'écrit avec **4** lettres.

4•Le bon timing

La vitesse de 20 m/s correspond à 72 000 m/h soit 72 km/h. La distance de 7920 hm équivaut à 792 km. Pour parcourir cette distance à 72 km/h, il faudra donc (792 ÷ 72 = 11) 11 heures. En décollant à 14h52, vous rejoindrez le module de commande à 01h52. Vous espérez rejoindre l'équipage à bord de la navette à : 01h52.

INDICE 4
Il y a 52 minutes, le chiffre des unités est **2**.

5•Attention danger !

La bonne trajectoire est :

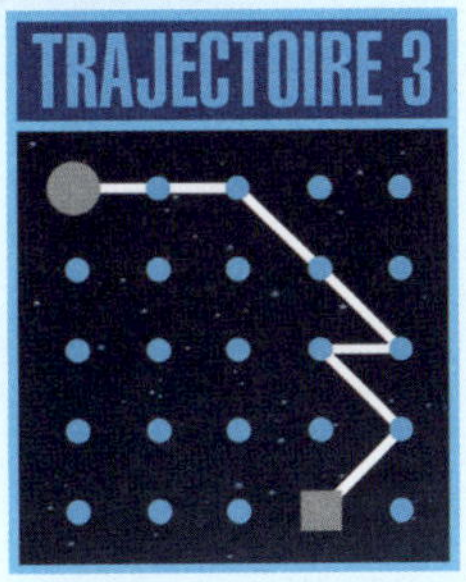

INDICE 5
La bonne trajectoire porte le numéro **3**.

6•On rentre à la maison

L'énigme 1 permet de placer le curseur sur le 5.
L'énigme 2 permet de placer le curseur sur le 2.
L'énigme 3 permet de placer le curseur sur le 4.
L'énigme 4 permet de placer le curseur sur le 2.
L'énigme 5 permet de placer le curseur sur le 3.
Le dernier curseur doit être placé sur le **1** (5 – 4 = 1).

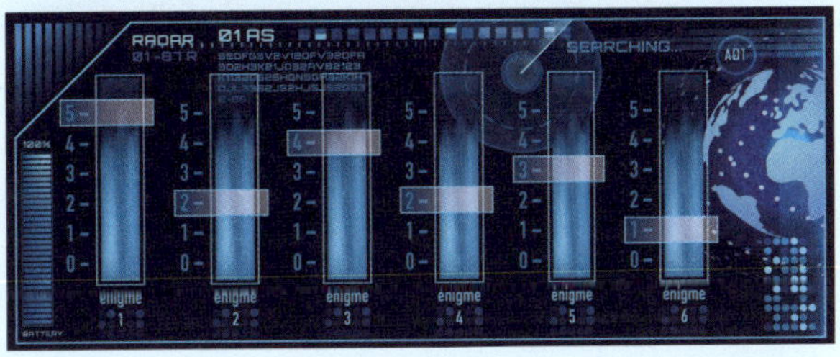

10 Prisonnier du rocher

1•Récidive

La ville de naissance du gardien est : Cadix.

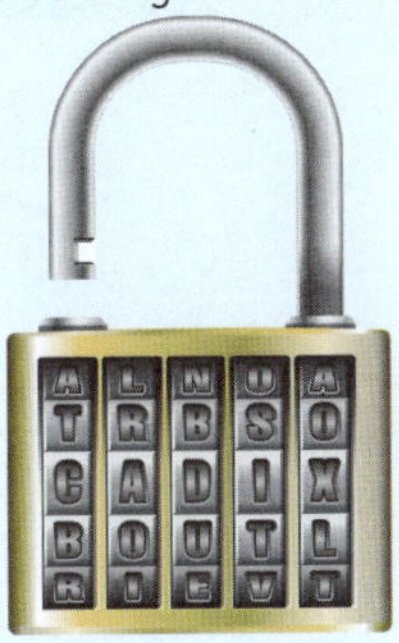

INDICE 1
L'initiale de « Cadix » est le C. C'est la **3**e lettre de l'alphabet.

2•Le complice

Dans la première cellule à votre droite il y a Bruce, suivi de Bill, Pat, Félix et Raymond.

INDICE 2

4 cellules séparent la vôtre de celle de Raymond.

3•Le message

$\sqrt{81}$ = **9**
$5^2 - 5$ = **20**
3×4 = **12**
$36 \div 4$ = **9**
5^2 = **25**
9×4 = **36**
$50 \div 2$ = **25**
$2^2 \times 3$ = **12**
$15 + (2 \times 5)$ = **25**
$72 \div 2$ = **36**
$100 \div 5$ = **20**
$5 + 20$ = **25**
$48 \div 4$ = **12**
$(2 \times 9) + 2$ = **20**
3×3 = **9**
$2^2 \times 3^2$ = **36**
Les cases à colorier sont :

7	3	9	25	20	24	31
16	12	14	5	16	36	17
31	25	17	8	16	5	14
3	9	22	16	20	12	7
28	20	21	7	13	25	15
11	36	16	3	8	9	18
7	31	25	12	36	24	17

Vous avez dessiné la lettre G.

INDICE 3

Le G est la **7**e lettre de l'alphabet.

4•Le carrelage

Les pièces 1 et 3 s'encastrent. La pièce en trop est la n°2.

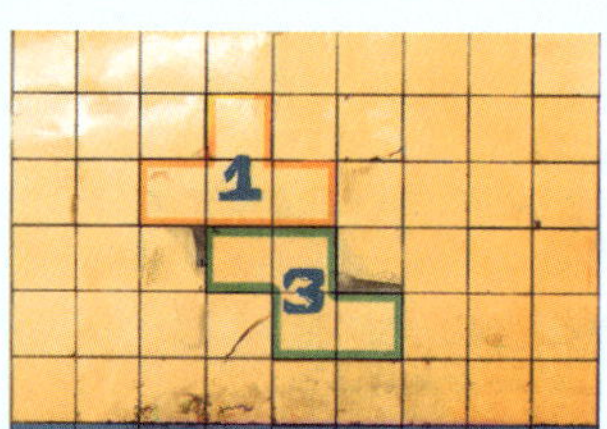

INDICE 4

La pièce en trop est la n°**2**.

5•La ronde

180 secondes représentent 3 minutes. Le gardien met donc 6 minutes pour parcourir la largeur de ce rectangle. Or cette largeur représente les 2/3 de la longueur. Donc 6 minutes représentent les 2/3 du temps nécessaire pour parcourir la longueur. Il faut donc 9 minutes (6 minutes x 3/2 = 9 minutes) pour parcourir la longueur. Au total, le gardien mettra 30 minutes (2 x (6 + 9) = 30) pour faire un tour de ronde complet. Le gardien effectue sa ronde en : 30 minutes.

INDICE 5

Le chiffre des unités de 30 est **0**.

6•Libéré, délivré !

L'énigme 1 permet de trouver le nombre 3.
L'énigme 2 permet de trouver le nombre 4.
L'énigme 3 permet de trouver le nombre 7.
L'énigme 4 permet de trouver le nombre 2.
L'énigme 5 permet de trouver le nombre 0.
Vous obtenez donc le nombre 02743.
02743 x 56 = **153608**
Vous avez coché les six touches suivantes :

JEUX En terrasse !

1•T où ?

Un peu de patience je suis à Liège, coincé dans les bouchons...

2•Cocktail !

1 Bloody Mary B
2 Blue Lagoon E
3 Piña Colada A
4 Daïquiri D
5 Margarita C
6 Tequila Sunrise F

3•Garçon !

« On n'a plus de jus de papaye ! »
La dernière lettre de chaque mot est inversée avec la première lettre du mot suivant.

4•Gourmandise

Les deux parfums à trouver sont : framboise et chocolat.

	F		R		
A	M			B	
		O	I		S
E		C		H	
	O		C	O	
L		A	T		

5•L'addition, s'il vous plaît !

24,36
\+ 6,24

30,60

La note sera de 30,60 euros. Eh oui, vous êtes en terrasse !

6•Fin de service ?

Expresso – Café crème – Noisette – Cappuccino.
Notre mémoire visuelle est étonnante, n'est-ce pas ?

11 Wanted !

1•La ruée vers l'or !

Il faut ajouter 5 pièces sur le plateau vide de la troisième balance.

INDICE 1
L'initiale de « cinq » est la lettre **C**.

2•Dans tous ses états

1. KANSAS **2.** TEXAS **3.** LOUISIANE **4.** KENTUCKY
5. FLORIDE **6.** MISSOURI **7.** NEVADA

INDICE 2
Le dernier état est le Nevada. La troisième lettre est la lettre **V**.

3•Pas de triche !

The stagecoach will be here at twelve.

INDICE 3
Le cinquième mot est *here*. La première lettre est la lettre **H**.

4•Cœur de cible !

Le cowboy doit viser les tranches 16 et 14.

INDICE 4
« Seize » et « quatorze » se terminent par la lettre **E**.

5•Pan ! Pan !

A Samuel Colt est l'inventeur du Revolver.

INDICE 5
La lettre **A**.

6•La ruse

L'énigme 1 permet d'éliminer la lettre C.
L'énigme 2 permet d'éliminer la lettre V.
L'énigme 3 permet d'éliminer la lettre H.
L'énigme 4 permet d'éliminer la lettre E
L'énigme 5 permet d'éliminer la lettre A.
Il reste les lettres DOTRI pour former le mot de passe : **DROIT**.

12 Perdu dans le désert

1•Désertique à perte de vue !

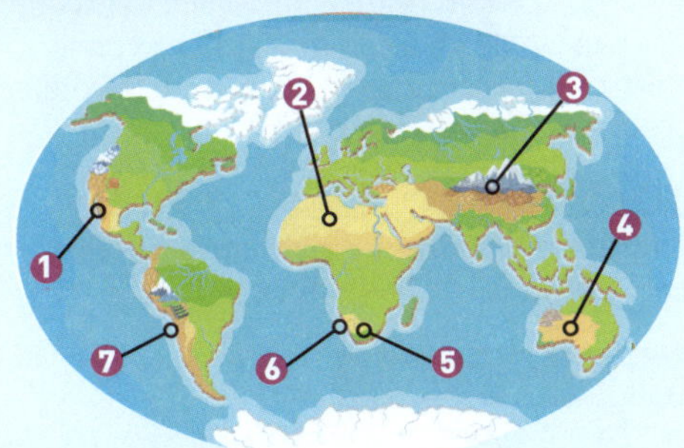

1 Désert des Mojaves, **2** Sahara, **3** Désert de Gobi, **4** Désert australien, **5** Désert du Kalahari, **6** Désert du Namib, **7** Désert d'Atacama.

INDICE 1
La réponse n°2 est « Sahara » qui s'écrit avec **6** lettres.

2•Mauvaise rencontre

			4							
			G							
			E		5					
	3		C		C		6			
	S		K		H		F			
1	C	R	O	T	A	L	E			
	O				M		N			
	R				E		N			
	P		2	G	A	Z	E	L	L	E
	I				U		C			
	O									
	N									

INDICE 2
Le scorpion a **4** paires de pattes.

3•Oh mirage ! Oh désespoir !

1. Le Petit Prince demande : D « Dessine-moi un mouton ».
2. *Le Petit Prince* est une œuvre : E d'Antoine de Saint-Exupéry.
3. Le texte est illustré par : U des aquarelles.
4. L'histoire se passe dans : X le désert du Sahara.

INDICE 3
Vous pouvez écrire le mot : **DEUX**.

4•Pas à pas...

Deux pas représentent 5 pieds de 26 cm. Donc, 2 pas représentent 130 cm (5 x 26), soit 1,3 m. Or, l'oasis se trouve à 1,3 km, soit 1 300 m. Il vous reste donc **1000 fois deux pas** à effectuer (1300/1,3).

INDICE 4
Le premier chiffre de 1000 est le **1**.

5•Silence, ça tourne !

Lawrence d'Arabie (low – rang – ce – da – rat – bi). Sorti en 1962, ce film réalisé par David Lean est inspiré de la vie de Thomas Edward Lawrence, surnommé « Lawrence d'Arabie », dont le rôle est interprété par Peter O'Toole.

INDICE 5
La dernière lettre de « Lawrence » est E.
E est la **5**^e^ lettre de l'alphabet.

6•L'eau empoisonnée

L'outre n°6 est éliminée par l'énigme 1.
L'outre n°4 est éliminée par l'énigme 2.
L'outre n°2 est éliminée par l'énigme 3.
L'outre n°1 est éliminée par l'énigme 4.
L'outre n°5 est éliminée par l'énigme 5.
Il reste l'outre n° **3**.

13 L'attaque des zombies

1•Désossés

1. N : le fémur. **2.** O : les orbites. **3.** R : 206.
4. D : le bras.

INDICE 1
Vous pouvez former le mot : **NORD**.

2•À chacun sa place

INDICE 2
Sur la cinquième ligne, il y a une partie de la tombe. La deuxième lettre du mot « tombe » est la lettre **O**.

3•Ouvrez la bouche !

1 Incisive, 2 Incisive, 3 Canine,
4 Prémolaire, 5 Prémolaire, 6 Molaire,
7 Molaire, 8 Molaire

INDICE 3
La troisième réponse est « canine ». La troisième lettre est la lettre **N**.

4•Enfermé !

En plaçant les lettres dans le bon ordre, vous avez formé le mot : PUER.

INDICE 4
La troisième lettre du mot « puer » est la lettre **E**.

5•Thriller

1. S. : Faux. Il durait 14 minutes. **2.** U. : Vrai, avec 3,5 millions de visiteurs par an. **3.** D. : Vrai. Un remake est sorti en 1990.

INDICE 5
Vous pouvez écrire le mot : **SUD**.

6•Fuyez !

Énigme 1 : 30 mètres vers le **nord**.
Énigme 2 : 20 mètres vers l'**O** (ouest).
Énigme 3 : 40 mètres vers le **N** (nord).
Énigme 4 : 50 mètres vers l'**E** (est).
Énigme 5 : 80 mètres vers le **sud**.
Si vous suivez les indications, le chemin pour sortir du cimetière est :

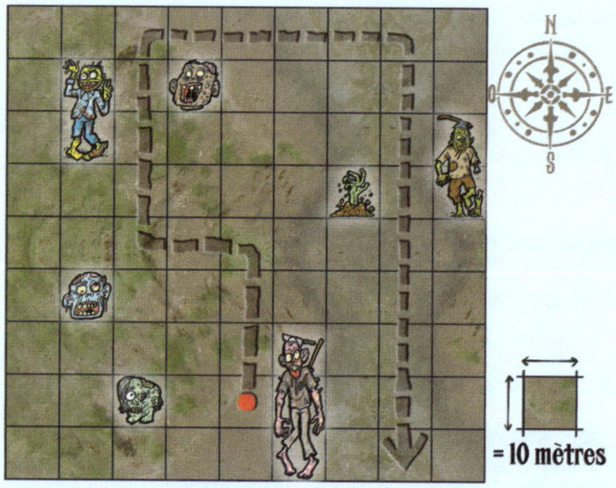

14 Meurtre dans l'Orient-Express

1•Le bon timing

Le convoi mesure 100 mètres (5 x 20 m) et il parcourt cette distance en 4 secondes. Il parcourra donc 1 000 m en 40 secondes. Pour atteindre la prochaine gare, il mettra donc 5 400 secondes (135 x 40), soit 90 minutes. En poursuivant à cette allure, le train arrivera en gare à 13h30.

INDICE 1
« 13h30 » se traduit en anglais : **half past one**.

2•L'arme du crime

L'arme est un vase.

INDICE 2
En mélangeant les lettres du mot « vase », vous retrouvez le prénom de Mrs **Evas** Flower.

3•Knock! Knock!

Cabine n°1 : Mr Duncombe, **Cabine n°2** : Mrs Pymm, **Cabine n°3** : Mr & Mrs MacDonald, **Cabine n°4** : Mr & Mrs Pastone, **Cabine n°5** : Mr & Mrs Walsh.

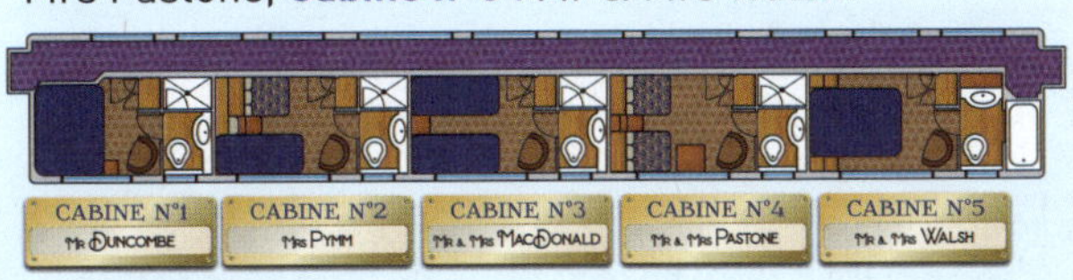

INDICE 3
Mrs Pymm.

4•Livre de chevet

Manuel Vázquez Montalbán → Espagnole
Agatha Christie → Anglaise
Georges Simenon → Belge
Fred Vargas → Française
Arthur Conan Doyle → Écossaise

INDICE 4
Arthur Conan Doyle est de nationalité **écossaise**.

5•Lettre anonyme

The culprit is a woman.

INDICE 5
Le coupable est une **femme** !

6•Stop !

Le premier indice permet d'éliminer Mr Alf Pastone.
Le deuxième indice permet d'éliminer Mrs Evas Flower.
Le troisième indice permet d'éliminer Mrs Elizabeth Pymm.
Le quatrième indice permet d'éliminer Mr Donald MacDonald qui est écossais.
Le cinquième indice permet d'éliminer Mr Tom Duncombe puisque l'on apprend que la coupable est une femme.

Il reste la suspecte n°5, **Mrs Nicky Walsh**, qui est donc la coupable.

15 Attention : épidémie !

1•Contagion

Nous serons le 14.

INDICE 1
Quatorze.

2•L'organisation

Les ingrédients sont utilisés dans l'ordre alphabétique. Le prochain ingrédient sera donc de l'eau.

INDICE 2
Eau.

3•Le choix du récipient

B Ballon, E Tube à essai, C Pipette, H Fiole Erlenmeyer, E Boîte de Petri, R Hydromètre.

INDICE 3
Vous pouvez écrire le mot : **BÉCHER**.

4•Ne pas confondre...

L'intrus est : OGM (Organisme Génétiquement Modifié). Ce n'est pas un vaccin.

INDICE 4
OGM.

5•La bonne dose

La concentration du principe actif dans le vaccin est de 2 %. Donc avec un litre de principe actif, vous pourrez produire 50 litres de vaccin (1 L x 100/2), soit 50 000 ml. Vous pourrez donc remplir 10000 seringues (50 000/5) et sauver **10000** vies.

INDICE 5
Dix mille.

6•Sauvé !

Indice de l'énigme 4 : OGM
Indice de l'énigme 2 : EAU
Indice de l'énigme 1 : QUATORZE
Indice de l'énigme 5 : DIXMILLE
Indice de l'énigme 3 : BECHER
Verticalement vous trouvez le mot : **GERME**.

JEUX Ciné, cinéma...

1•À la bonne place

Dans l'ordre, il y a : Emma, Ralph, Simon, Stéphanie, Laurence.

2•À l'affiche !

Vingt mille lieues sous les mers.
Les dents de la mer.
Le vieil homme et la mer.

3•Générique

❶ Natalie Portman — **C** *Black Swan*
❷ Penélope Cruz — **F** *Volver*
❸ Leonardo DiCaprio — **E** *Shutter Island*
❹ Johnny Depp — **A** *Edward aux mains d'argent*
❺ Emma Watson — **B** *Harry Potter à l'école des sorciers*
❻ Ryan Gosling — **D** *La La Land*

4•Bizarre, comme c'est bizarre...

Jean Rochefort.

5•Casting

Romain Duris.
Marion Cotillard.
Guillaume Canet.

6•Programmation

« Mourir peut attendre ».

16 Mission sauvetage

1•Au service de sa majesté

I wish you good luck agent 017.

INDICE 1
Le mot *wish* est le **2**e mot dans la phrase.

2•Le choix des armes

Vous allez choisir une ceinture.

INDICE 2
La lettre C est l'initiale du mot « ceinture ». C'est la **3**e lettre dans l'ordre alphabétique.

3•Happy hour

N°**4** : Nabuchodonosor. N°**2** : Jéroboam. N°**1** : Magnum. N°**3** : Mathusalem.

INDICE 3
La bouteille Magnum porte le n°**1**.

4•Précieuses et précises

❶ Diamant – Blanc, ❷ Émeraude – Vert,
❸ Saphir – Bleu, ❹ Rubis – Rouge,
❺ Améthyste – Violet, ❻ Citrine – Jaune.

INDICE 4
L'améthyste est un quartz violet. « Violet » s'écrit avec **6** lettres.

5•La poursuite

Avec les lettres des cases colorées, vous pouvez écrire le mot : VÉLO.

INDICE 5
La deuxième lettre du mot « vélo » est le E. C'est la **5**e lettre de l'alphabet.

6•Coupez !

Le fil 1 est éliminé par l'énigme 3.
Le fil 2 est éliminé par l'énigme 1.
Le fil 3 est éliminé par l'énigme 2.
Le fil 5 est éliminé par l'énigme 5.
Le fil 6 est éliminé par l'énigme 4.
Avec les lettres des fils éliminés vous pouvez former le mot : **QUEEN**.
Vous coupez le fil 4K.

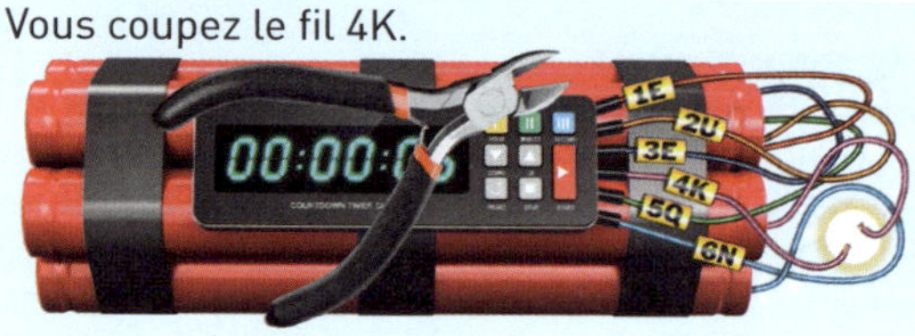

17 Le mystère de la pierre philosophale

1•Descente sous terre

A Vrai. **B** Faux. Les ossements ont été déposés à partir de 1786. **C** Vrai.

INDICE 1
L'affirmation fausse est la **B**.

2•Avertissement !

« Arrête ! C'est ici l'empire de la Mort ! »
(arête – C – I – scie – lent – pis – 'R – deux – la – mort).

INDICE 2
La première lettre est le **A**.

3•La fontaine

Le bassin contient **0,23 m³** d'eau (3,14 x 0,5² x 0,3.)

INDICE 3
Le premier chiffre de la réponse est 0. Le 0 ressemble à la lettre **O**.

4•Du sol au plafond

Il y a environ 6 000 000 ossements.

INDICE 4
La deuxième lettre de « six millions » est le **I**.

5•L'œil de lynx

Ô intrépide aventurier ! Vous voici parvenu au terme de votre quête. La pierre philosophale s'offre à vous. Elle vous procurera richesse et éternité. Sachez cependant en être digne car de fourbes chausse-trappes vous guettent. Poursuivez la prodigalité mais fuyez l'avarice. Goûtez au temps impérissable mais savourez l'instant présent.

INDICE 5
Vous avez supprimé la lettre **H** du mot « therme ».

6•Casse-tête

Le crâne avec la lettre B est éliminé par l'énigme 1.
Le crâne avec la lettre A est éliminé par l'énigme 2.
Le crâne avec la lettre O est éliminé par l'énigme 3.
Le crâne avec la lettre I est éliminé par l'énigme 4.
Le crâne avec la lettre H est éliminé par l'énigme 5.
Il vous reste les crânes PESTM. Le mot de la formule magique est : **TEMPS**.

18 Il faut sauver la tour Eiffel

1•Un atout capital !

1 Big Ben
2 La Cité interdite
3 La porte de Brandebourg
4 La place Rouge
5 L'Acropole
6 Le Colisée

C Londres
F Pékin
D Berlin
E Moscou
A Athènes
B Rome

INDICE 1
La réponse pour l'Italie est **6 B**.

2•Question de temps

Chaque équipe posait 100 rivets par jour (10 x 10). Sur l'ensemble de la durée du chantier, chaque équipe a posé 63 500 rivets (635 x 100). Donc l'ensemble des équipes a posé 1 016 000 rivets (63 500 x 16).

INDICE 2
Le premier chiffre est **1**. « Un » commence par la lettre **U**.

3•Machineries

Vous pouvez écrire le mot : ÉTAGE.

INDICE 3
Le second engrenage à tourner vers la gauche est le n°**4**, avec la lettre **G**.

4•Vertigineux !

1 B Faux, il se situe à 279,11 mètres.
2 B Faux, le troisième étage est sur deux niveaux. Ce second niveau est également appelé quatrième étage.
3 A Vrai.

INDICE 4
La seule affirmation vraie est la **3 A**.

5•Vous avez un message

Le message en morse est : Liberté !

INDICE 5
La dernière lettre du mot « liberté » est le **E** qui est la **5**e lettre de l'alphabet.

6•La dernière chance

L'énigme 1 permet de brancher le câble n°6 dans la prise B.
L'énigme 2 permet de brancher le câble n°1 dans la prise U.
L'énigme 3 permet de brancher le câble n°4 dans la prise G.
L'énigme 4 permet de brancher le câble n°3 dans la prise A.
L'énigme 5 permet de brancher le câble n°5 dans la prise E.
Le dernier branchement est donc **2 L**.

19 Le fantôme du Lord

1•Histoire de famille

C'est donc sa cousine.

INDICE 1
La troisième lettre du mot « cousine » est la lettre **U**.

2•Les voix

Il fallait déchiffrer : *I'll be back!*

INDICE 2
Le dernier mot est *back*, sa deuxième lettre est le **A**.

3•Pouët !

A Vrai. B Vrai. C Vrai. D Faux, il s'agit d'un réservoir étanche en peau animale ou matière synthétique. Un tissu laisserait passer l'air.

INDICE 3
La lettre **D**.

4•Perdu...

La superficie de chaque étage est de 1 000 yards carrés (50 x 20). Il y a 3 étages, plus la cave et le grenier. On obtient donc 5 000 yards carrés. Or un yard carré est égal à 0,8361 m^2 (0,9144 x 0,9144). La superficie totale du château est donc de 4180,5 m^2 (5 000 x 0,8361).

INDICE 4
Le grenier était à intégrer dans le calcul de la surface. Son initiale est la lettre **G**.

5•La bibliothèque

E *Ivanhoé* de Walter Scott.

INDICE 5
La lettre **E**.

6•Le passage secret

Énigme 1 : **U**.
Énigme 2 : **A**.
Énigme 3 : **D**.
Énigme 4 : **G**.
Énigme 5 : **E**.
Vous choisissez de prendre la **DAGUE**.

JEUX Festival !

1•Quel festival !

1 Faux, le festival a lieu mi-juillet. 2 Vrai. 3 Vrai. 4 Vrai. 5 Faux, Jazz in Marciac est consacré au jazz. 6 Faux, la première édition a eu lieu en 1989.

2•Au micro ce soir...

1 Balance ton quoi F Angèle
2 Cosmo E Soprano
3 Makeba D Jain
4 Je dis aime B -M-
5 Je vole A Louane
6 Papaoutai C Stromae

3•N'oubliez pas...

Voulez-vous des bouchons d'oreilles ?

4•Tous en chœur !

J'ai cherché
Un sens, un **point** de repère
Partagé en **deux** hémisphères
Comme une erreur de l'univers
J'ai jeté
Tellement de **bouteilles** à la mer
J'ai **bu** tant de liqueurs amères
Que j'en ai les lèvres de pierre

5•En duo

Catherine Ringer et Fred Chichin (Les Rita Mitsouko).
Amadou et Mariam.
Bigflo et Oli.
Joey Starr et Kool Shen (Suprême NTM).
Sylvie Hoarau et Aurélie Saada (Brigitte).
Stone et Charden.
Guy-Manuel de Homem Christo et Thomas Bangalter (Daft Punk).

6•Avant de partir !

Gobelet.
Consigne.
Souvenir.
À la fin du concert, que faites-vous de votre gobelet ? Vous le rapportez à la consigne ou vous le gardez en souvenir ?

Clés

CLÉ N°1

Le produit est le résultat d'une multiplication. Pour résoudre cette énigme, il faudra également utiliser la division.

CLÉ N°2

En déplaçant les calames pour obtenir deux triangles, vous représenterez une pyramide.

CLÉ N°3

Tchenti a laissé ses vaches durant 4 semaines, soit 28 jours. Cela représente l'équivalent de 3 360 jours (120 vaches x 28 jours). À vous de poursuivre ce raisonnement...

CLÉ N°4

Ne confondez pas ***palier*** et ***pallier*** et **rappelez-vous de la règle sur *tout, tous, toute, toutes* !**

- Devant un nom ou un groupe nominal, ***tout*** est un déterminant ou un adjectif indéfini. Il s'accorde en genre et en nombre avec le nom qu'il détermine (*tout* le monde, *toute* la famille, *tous* les voyageurs, *toutes* les femmes).
- Devant un adjectif, ***tout*** est un adverbe. C'est un mot invariable, sauf devant un adjectif féminin. On peut le remplacer par ***tout à fait*** ou ***très***.
- Devant un verbe, ***tout, tous, toutes*** sont des pronoms indéfinis.

CLÉ N°5

Pour indiquer les coordonnées d'un point, on donne d'abord l'abscisse et ensuite l'ordonnée. L'axe des abscisses correspond à l'axe horizontal et l'axe des ordonnées à l'axe vertical.

CLÉ N°6

Attention au jeu de mots !

CLÉ N°7

Un nombre premier est un nombre entier plus grand que 1, et qui ne peut être divisé que par 1 et par lui-même : 2, 3, 5, 7, 11, 13, 17, 19...

CLÉ N°8

Il faut avancer chaque lettre de deux places dans l'ordre alphabétique.

CLÉ N°9

Le produit est le résultat d'une multiplication. Pour résoudre cette énigme, il faudra également utiliser la division.

CLÉ N°10

La superficie d'un carré est égale à : côté x côté.
La superficie d'un rectangle est égale à : longueur x largeur.

CLÉ N°11

Dans cette liste, la ville la plus proche du Japon est Pékin et la plus éloignée est Los Angeles.

CLÉ N°12

Commencez par éliminer les cases inoccupées d'une ligne ou d'une colonne portant un 0.

CLÉ N°13

Il n'y a qu'une seule réponse fausse.

CLÉ N°14

Le premier président de la Ve République était Charles de Gaulle.

CLÉ N°15

Commencez par éliminer les cases inoccupées autour du chiffre 0.

CLÉ N°16

Un spationaute est l'occupant d'un vaisseau spatial, quelle que soit sa nationalité. Malgré tout, l'usage fait que ces mots désignant tous une personne embarquée à bord d'un engin spatial s'emploient dans des situations différentes.

CLÉ N°17

Attention, les plans ne sont pas tous orientés dans le même sens ! C'est à vous de trouver la bonne orientation de chaque proposition de trajectoire.

CLÉ N°18

Le gardien est né dans le sud de l'Espagne.

CLÉ N°19

La racine carrée d'un nombre réel positif *x* est l'unique réel positif qui, lorsqu'il est multiplié par lui-même, donne *x*.

CLÉ N°20

Stagecoach signifie « diligence ».

CLÉ N°21

En latin, *revolvere* signifie « tourner en arrière ».

Clés

CLÉ N°22

Le désert du Kalahari est plus vaste que celui du Namib, qui se situe sur le même continent.

CLÉ N°23

Commencez par éliminer les cases inoccupées d'une ligne ou d'une colonne portant un 0.

CLÉ N°24

Plusieurs dents portent le même nom.

CLÉ N°25

Les dents des clefs sont symétriques par rapport aux serrures des cadenas.

CLÉ N°26

Des homophones ont la même prononciation mais n'ont pas le même sens.

CLÉ N°27

« Coupable » se dit *culprit* en anglais.

CLÉ N°28

Observez l'orthographe des ingrédients.

CLÉ N°29

La partie inférieure d'une ampoule à décanter est prolongée par un tube et terminée par un robinet.

CLÉ N°30

Sortez votre carnet de santé...

CLÉ N°31

Commencez par chercher combien de litres de vaccin vous pourrez produire avec un litre de principe actif.

CLÉ N°32

Pour les judokas, les grades sont symbolisés par des couleurs.

CLÉ N°33

Le Jéroboam a une contenance de 3 litres et le Mathusalem le double.

CLÉ N°34

Même si vous ne connaissez pas la citrine, son nom devrait vous aider...

CLÉ N°35

Remettez les lettres des cases colorées dans le bon ordre.

CLÉ N°36

La formule pour calculer le volume d'un cylindre est : Pi x r^2 x h.

CLÉ N°37

La somme est le résultat d'une addition, tandis que le produit est le résultat d'une multiplication. Vous devrez également utiliser la soustraction pour résoudre cette énigme.

CLÉ N°38

Les noms féminins se terminant par *-té* ou *-tié* s'écrivent sans -e. Exceptions : *la jetée, la dictée, la montée, la pâtée, la portée*. Ainsi que les noms féminins qui indiquent une quantité ou un contenu : *une brouettée, une cuillerée, une charretée...*

CLÉ N°39

Quand un engrenage tourne dans le sens des aiguilles d'une montre, le suivant tourne dans le sens inverse.

CLÉ N°40

La fille de la mère est donc la tante de Lord Macmick...

CLÉ N°41

C'est une célèbre réplique de film.

CLÉ N°42

1 yard correspond à 0,9144 mètre.

CLÉ N°43

Tous les autres auteurs sont anglais.

Was mein Pferd nicht fressen darf

Inhalt

VORWORT

Viele Hauspferde haben ihren natürlichen Instinkt, der sie vor dem Fressen von Giftpflanzen schützt, im Laufe ihrer Domestizierung verloren. Daher müssen Pferdeweiden regelmäßig auf Giftpflanzenbewuchs kontrolliert werden.

In Wald und Flur, auf Wiesen und Weiden wachsen etliche Pflanzen, Sträucher, Büsche und Bäume, die für unsere Pferde hochgradig giftig sind. Leider wissen viele Reiter über das Aussehen der Giftpflanzen oft nur wenig und erkennen bisweilen nicht rechtzeitig die Gefahr einer Vergiftung durch Pflanzen für ihre Pferde. In den Reitschulen oder bei Reitkursen wird dem Thema Giftpflanzen leider viel zu wenig Beachtung geschenkt. Vergiftungen sind für Pferde stets mit leichten bis schweren gesundheitlichen Problemen verbunden oder haben in sehr gravierenden Fällen sogar den Tod zur Folge. Auf Grund ihrer anatomischen Gegebenheiten können Pferde sich nicht übergeben, daher ist es sehr schwierig, die giftigen Substanzen aus ihrem Körper zu entfernen. Die tierärztliche Behandlung erstreckt sich deshalb überwiegend auf die Behandlung der Symptome einer Vergiftung.

Mit diesem Buch sind alle Pferdebesitzer, -pfleger und Reitbeteiligungen angesprochen, die Vergiftungen oder Erkrankungen ihrer Pferde und Ponys durch Giftpflanzen oder durch falsche und verdorbene Futtermittel vermeiden wollen.
Es zeigt die gefährlichsten Pflanzen in Bildern und möchte darüber aufklären, welche gesundheitlichen Schäden durch diese giftigen Gewächse oder ungeeigneten Futtermittel im Pferdeorganismus entstehen können.
Das Büchlein soll dabei helfen, Vergiftungen durch Pflanzen zu vermeiden und das Ausmaß einer Pflanzen- oder Futtermittelvergiftung und deren gefährliche Folgen besser erkennen und einschätzen zu können. In einer verantwortungsvollen Pferdehaltung stehen Gesundheit und Wohlbefinden eines Pferdes immer an erster Stelle, und dazu gehört ebenso das Wissen über Giftpflanzen zum Schutz der Tiere.